悪役令嬢ルートがないなんて、誰が言ったの？ 3

ぷにちゃん

ビーズログ文庫

イラスト／Ｌａｒｕｈａ

Contents

攻略対象
フェリクス・
フィールズ
優しく誠実な王太子。
オフィーリアの婚約者。
レモンゼリーが大好きな
可愛らしい一面も。
オフィーリア・
ルルーレイク
乙女ゲームの悪役令嬢に転生。
「悪役令嬢でも幸せになる
権利はある！」を合言葉に
破滅エンド回避を目指す。
悪役令嬢ルートがないなんて、誰が言ったの？
3
Characters

攻略対象

クラウス・デラクール

宰相の息子。ファンから「デラックスクールww」と呼ばれるほどクールで知的。

攻略対象

エルヴィン・クレスウェル

伯爵家の三男。お調子者のプレイボーイだが、人懐こい性格。

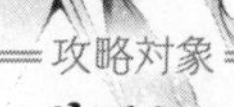

攻略対象

リアム・フリージア

神官。何事にも無関心だがゲーム人気No.1を誇った超絶美形キャラ。

新・攻略対象

ダーク・ルルーレイク

オフィーリアのひとつ上の義理の兄。だけど本当の姿は闇夜の蝶のトップである闇夜のプリンス。俺様だけど憎めない、悪役令嬢ルートの隠しキャラ。

プロローグ　その存在は……

大理石の床に、コツン、コツンと足音が響く。ここは女神フリージアを祀る神殿で、神官のリアムが過ごしている場所だ。

街で王城の次に大きな建物で、毎日大勢の人が祈りに来る。廊下の両サイドにある円柱にはフリージアの模様が彫られ、ガラスの窓からは太陽の光がさんさんと差し込んでいる。

神聖な空気を感じられる場所なのだが、今は普段より空気が重い。その理由は、この世界に巣くう〝よくないもの〟――闇夜の蝶が増えているからだ。

リアムはため息をつき、「ここが最後か」と呟いた。

目の前には古びた木製の扉があり、その奥は地下へ続く階段がある。普段使われることのない、昔からある文献を保管している場所だ。

ゆっくり扉を開けると、ギイィと軋んだ。壊れる前に修理の手配をした方がよさそうだと思いながら、リアムは暗い階段を下り始めた。

「……探している情報があるといいのだがな」

神殿の神官を務めている、リアム・フリージア。

グレーの瞳は無表情で、肩下まであるプラチナブロンドの美しい髪は、一つにまとめられている。

白を基調とした法衣に身を包み、物静かにしているときは高名な神官そのもの。フリージアの名を持つ神官で、生まれたときからこの神殿にいる。


階段を下りると、わずかに明かりが見えた。

（……？　誰かいるのか？）

リアムが慎重な面持ちで中を覗くと、「やれやれ、この文献も修復しないといけないのぉ」という声が聞こえてきた。

どうやら中にいる人物は、文献の修復をしているようだ。

声の主に警戒していたリアムだったが、相手を見てすぐに肩の力を抜く。

「先生、こんなところで何をしているんですか」

「おお？　リアムじゃないか。お前こそ、こんな真夜中に来る場所ではなかろうて」

地下室にいた人物は、リアムが幼少期から師事している人物だった。

勉強を始め、女神フリージアと神殿のこと、闇夜の蝶との戦い方、様々なことを教えてくれた人だ。

「私は調べ物です」

「そういえば、ここ最近は神殿中をひっくり返す勢いで書物を読んでいたな」

「………」

どうやら自分の行動は把握されていたらしい。

(ならばいっそ、先生に聞いてみるか……?)

闇雲に調べるよりもはやく、目当ての情報を手にすることができるかもしれない。

リアムが幼いころから尊敬している先生、グリフ。

もう七十歳を超えていて、長い白髭をリボンで結んでいるどこかおちゃめな老人だ。頭には聖職者の帽子を乗せ、優しそうな細目をしている。

裾の長い法衣を難なく着こなす姿は貫禄があり、一部では神殿の生き字引とも呼ばれているとかいないとか。

修繕し終わった文献を丁寧に書棚に戻し、グリフは持参していたらしいお茶をリアムに勧めてくれた。

「して、何を知りたいんだ?」

「……闇夜の蝶の上位種に関してです。いったいどれほど上位種がいるのか、先生はご存じですか？」

現在確認されているのは、通常の闇夜の蝶と、それより二回りほど大きい上位種だ。それ以外は、特に報告されていない。

「ほほう……上位種の種類、か」

「いったいどれほど大きくなるのでしょう」

リアムの脳裏に浮かぶのは、闇夜のプリンスと名乗るダークのことだ。そして、闇夜のプリンセスという存在について。

闇夜のプリンセスになったオフィーリアは人間だけれど、ダークの存在はわからない。その姿かたちは人間とまったく変わらないが、人間という保証はないのだ。

（だが、いくら探しても闇夜の蝶の上位種よりさらに上の情報は見つからない）

「そういえばここ最近は、闇夜の蝶が急激に増えていると言っておったな」

グリフは「ふむ」と髭に触れて、指でくるくると遊び始めた。これは彼が考え事をしているときの癖のようなものだ。

「……遥か昔の文献に、闇夜の蝶が増えたというものがあった。ボロボロですべてを読むことはできないが……闇夜の蝶の出現には、もしかしたら何か法則のようなものがあるのかもしれないな」

奥の書棚を確認して、グリフは一冊の本を手に取った。

表紙こそ修繕されているが、中の紙はボロボロで、ところどころ文字が掠れて読めなくなっている。下手に持ったら崩れてしまいそうだ。

(こんなに古い文献があったのか……)

書見台に置いてゆっくりページをめくっていくと、そこには女神フリージアと、その横に人物が描かれていた。

「もう一人……？　このような話は聞いたことがありませんが……」

モノクロなので正確な色がわからないけれど、色のない髪のフリージアとは対照的に、もう一人の方は髪の部分が黒くなっている。

リアムが見ていると、グリフがページをめくった。

「先生、まだ見て——これは」

次のページには、大小さまざまな闇夜の蝶が載っていた。

一番小さいものは、リアムが知っている普段目にする闇夜の蝶より小さい。まるでそう、生まれたばかりのような姿だ。

そして一番大きいのは、人間と同じほどの背丈がある。

(やはりダークは人間ではなく、闇夜の蝶の最上位種だったのか……)

リアムが食い入るように見ていると、グリフは「面白いものだ」とフォッフォッフォッと笑う。

「儂ら人間は長い年月、闇夜の蝶と戦ってきた。しかし蝶のことをあまりにも知らなさすぎる」

——いや、知ろうともしなかったのかもしれない。

「儂はいつも思うよ。闇夜の蝶と対話することができたなら……と」

「……そのような考え方をするのは先生くらいでしょう」

「フォッフォッ、それは手厳しい」

リアムはお茶を一気に飲み干して、席を立つ。

「貴重な情報でした」

「多少でもお前の役に立てたのならよかったよ」

ダークが人間であったのなら——と考えたが、闇夜の蝶であれば容赦しない。リアムは「ありがとうございました」と言って地下室を後にした。

第一章　闇夜の蝶と仲良くなりたい奮闘記

——どうしテ、助ケてクれなカッたノ！

悲痛な叫び声が頭の中に響いて、オフィーリアはハッと目を覚ました。ネグリジェは寝汗でぐっしょり濡れていて、かなり長くうなされていたことがわかる。

口元を手で押さえ、大きく息をはいた。

「大丈夫ですか？　オフィーリア様……」

「……カリン」

オフィーリアは長く息をついて、様子を見に来てくれた侍女の名前を呼んだ。どうやら隣の部屋のカリンを起こしてしまうほどうなされていたらしい。

「着替えを……いえ、湯船の準備をいたしましょうか？」

カリンはベッドサイドに腰かけ、オフィーリアの背中を優しく撫でる。湯船が無理でも、温かいタオルで拭った方がいい。

「……お風呂に入りたいわ」

「すぐご用意いたします」

「ありがとう」

カリンが準備のために部屋を出るのを見送って、オフィーリアはベッドへ倒れこんで何度か深呼吸を繰り返す。

この乙女ゲーム『Freesia』の悪役令嬢、オフィーリア・ルルーレイク。

勝気な黒みがかった青色の瞳と、深いコバルトブルーの美しい髪は腰まで伸びている。胸元にはフリージアの巫女の印があり、右肩には闇夜のプリンセスの印がある。

公爵家の令嬢で、この国の王太子フェリクスの婚約者だ。

そしてこの乙女ゲームの悪役令嬢なのだが、プレイヤーの熱烈な『悪役令嬢オフィーリアに救済を！』という要望により、ある一定条件をクリアすることで悪役令嬢がヒロインになる『悪役令嬢ルート』に突入できるようになった。

――今のオフィーリアは、ヒロインになった悪役令嬢というより正にヒロインだ。

それもあって体にフリージアの巫女の印が現れたのだが、複数人との婚姻が許される立場になってしまい……ほかの攻略対象キャラクターからもアプローチされるようになってしまった。

「……あの日から、なんだか夢見が悪いわね」

ぽつりと呟いた声が闇に溶ける。ここはオフィーリアが通っている王立フィールズ学園の寮の自室。

あまり広いとはいえないけれど、オフィーリアとカリンそれぞれの寝室と簡易キッチンが用意された部屋だ。もちろん浴室も備え付けられている。

オフィーリアの告げたあの日というのは、闇夜の蝶が生まれる瞬間を見て、なぜ生まれるか知った日のことだ。

闇夜の蝶とは、この世界に巣くう〝よくない〟もの。

人形に羽がある生き物で、妖精のような外見をしている。近づかれたり攻撃を受けてしまうと、心を蝕まれ、精神を冒されてしまう。

黒い瞳と髪を持つ闇の生物だと言われていた。

しかし――

本当は、人間が強い憎しみの念を持って死んだ先に生まれるのが……闇夜の蝶だ。

亡くなった魂が浄化され天へ行くには、恨みの念を持っていてはいけないという決まりがある。そのため、天の国へ行くため恨みだけを切り捨てるのだ。その実態は強い憎しみを持って死んだ人の〝なれの果て〟だ。浄化された魂は天国に行くが、吐き出された念は闇夜の蝶になる。

人間の恨みから生まれた闇夜の蝶が人々を襲うのは当然だと言ってもいいだろう。自分を捨て、元の人間は浄化されているのだから。

人間から吐き出され捨てられたモノが、闇夜の蝶だということを知った。その事実を知ったオフィーリアは、衝撃を受けた。

今まで倒すべき敵だと思っていた闇夜の蝶が死んだ人間から切り離された闇の部分だと知って、これまで通りにしていることは難しい。

生まれたての闇夜の蝶はまるで幼い子どものようで、その辛い記憶や恨みから助けを求めるのだ。

――それをどうして、悪だと切り捨てることができようか。

目を閉じれば、今でも闇夜の蝶が生まれたときの切なく悲しい救いを求める声が脳裏に蘇ってくる。

オフィーリアはどうしても考えてしまう。

どうすれば闇夜の蝶を救うことができるのか――？　と。

目を閉じて深呼吸を繰り返すと、気持ちも落ち着いてきた。その代わりに、汗で濡れたネグリジェが気になってくる。

こんなに寝汗をかいたのは、風邪を引いたとき以来かもしれないとオフィーリアは思う。

そっとベッドから下りて、ドアを見る。

（お風呂の準備はできたかしら？）

オフィーリアが寝室から出ると、ちょうどカリンが準備を終えたところだった。

「お待たせしましたオフィーリア様！」

「ありがとう、カリン。寝ていたのにごめんなさいね」

「いいえ。オフィーリア様のお世話をすることがわたくしの幸せですから！」

「カリンったら……」

ふふっとオフィーリアは笑う。

堂々と胸を張って自分の幸せを主張する、侍女のカリン。

パッチリしたピンクの瞳。普段はサイドで編み込みをしているアッシュピンクの髪も、今は簡単にくくっている。

オフィーリアの一つ下の十六歳で、いつも元気いっぱいで、こういったときもすぐ気づいて励ましてくれたり落ち着くための準備をしてくれる。

「落ち着けるように、ハーブの入浴剤をご用意いたしました」

「わ、ありがとう」

カリンと一緒に浴室へ行くと、爽やかなハーブの香りが鼻に届いた。ハーブ好きなオフィーリアのために、カリンが気遣って準備してくれたのだろう。

「さあさあ、マッサージもしますよ。そうすれば、きっとよく眠れますから」

袖をまくって準備万端なカリンに、オフィーリアは目を瞬かせる。夜中だというのに、本当に至れり尽くせりだ。

（侍女に恵まれすぎているわね）

ネグリジェを脱いで浴槽に入ると、カリンが丁寧に頭皮をマッサージしながら髪を洗ってくれる。程よい指圧に、冴えていたはずの頭に眠気が戻ってくる。

「気持ちよくて寝てしまいそうだわ」

「それは光栄です」

カリンと話しながら入浴したら、先ほどまでの夢見の悪さはすっかりなくなり少し気分が和らいだ気がした。

——乙女ゲーム『Freesia』が開始してから一年が経ち、再び春がやってきた。

今日からオフィーリアは二年生だ。

学園には入学したばかりの一年生があちこちにいて、とても初々しい。期待に満ちた瞳で勉学に励み、鍛錬する先輩に尊敬の眼差しを向けている。

オフィーリアが入学したときはゲームの開始を意味していたので、新入生たちのような気持ちは残念ながら持つことはできなかった。

（初日からアリシア様が全開だったから……）

オフィーリアにペンを壊されたといじめられ事件を起こしたり、フェリクスと二人でランチをしているところに乗り込んできたり……いろいろあったのだ。

（わたくし、よく頑張ったと思うわ）

思い出して、ちょっと遠い目になったオフィーリアだった。

始業式が終わると、オフィーリアはフェリクスたちを校舎裏の花壇へ呼び出した。その目的は、今後のことについて話すためだ。

風に揺れる花壇に咲く黒色のフリージアは、緊張しているオフィーリアの心を落ち着かせてくれる。

今日はオフィーリアが闇夜の蝶のことをどうしたいか、それをみんなに伝えるつもりだ。

（大丈夫、落ち着くのよ。フェリクス様と決めたことだもの）

すーはー、すーはー。

深呼吸していると、「オフィ？」と自分を呼ぶ声が聞こえた。見ると、フェリクス、リアム、クラウス、エルヴィンの四人がいた。

「すまない、待たせてしまったね」

「いいえ。お時間をいただきありがとうございます」

オフィーリアが笑顔を見せると、四人から問題ない旨の返事がくる。

オフィーリアの大好きな婚約者、フェリクス・フィールズ。

凛と強く、けれど優しさもある赤色の瞳。右サイドの長い蜂蜜色の髪は艶がある。

容姿端麗で正義感が強く誰にでも優しいけれど、オフィーリアのことは恥ずかしくなるくらいとびきり甘やかしてくれる。

ゲームのメイン攻略対象キャラクターで、闇夜の蝶と戦っている。

本が好きなクール男子、クラウス・デラクール。
冷静な紫の瞳。綺麗に切りそろえられた暗い青色の髪が、几帳面な性格を表している。
父は宰相で、彼自身も将来は国の重要ポストに就くだろう。
剣術や肉弾戦は苦手だが、その分、魔法の腕はいい。

プレイボーイと見せかけて努力家、エルヴィン・クレスウェル。
ウィンクの似合うアンバーの瞳。外に跳ねた淡い茶色の髪は、柔らかさを感じさせる。
明るい性格でムードメーカーなのだが、ちょっとだけプレイボーイな一面も。
伯爵家の三男なので家では苦労しているようだが、確かな剣の腕を持っている。

「実はね、みんなに相談……というか、わたくしが決めてしまった決定事項なのだけれど……話したいことがあるの」

ドキドキするのを抑えるように、オフィーリアは胸に手を当ててリアム、クラウス、エルヴィンの三人を見る。

いつになく真剣なオフィーリアの瞳に、けれど三人は笑顔を見せた。

「気にせず言えばいい」

「闇夜の蝶の案件か？　もちろん協力する」

「俺はオフィの剣だからね、なんでも頼ってよ」

三人とも断るという選択肢はないようで、オフィーリアは思わず笑ってしまう。絶対的な信頼があるというのは嬉しいものだ。

（みんなが受け入れてくれるか不安だったけど、そんなことを考えてしまったことが恥ずかしく思えてしまうわね）

「わたくし、闇夜の蝶と話をしてみようと思うの」

「「「──は？」」」

堂々と宣言したオフィーリアに、リアム、クラウス、エルヴィンの声が重なった。いったい何をしようとしているのか、と。

オフィーリアは「驚くわよね？」と申し訳なさそうに言うが、その瞳にはしっかりと決意が秘められている。

「闇夜の蝶は私たち人間を襲ってくるから、話をするのは……かなり大変じゃないのか？

上手くいくかどうか……」

そう言ったのは、リアムだ。別に反対しているわけではなく、会話すること自体が難しいのではないかと心配しているようだ。

「率直に言っていただけて嬉しいです、リアム様。確かに闇夜の蝶はわたくしの声を聞けても、必ず会話してくれるわけではありません」

基本的に人間を憎んでいるので、反応はしてくれても会話が続くわけではないのだ。もしくは、無理難題をふっかけられることもある。

以前、闇夜の蝶と話をしたときのことを思い出して、オフィーリアは苦笑する。リアムの懸念はもっともなのだ。

(でも、やってみなければ始まらないわ)

「だけど……可能性にかけてみたいの。もう決めたの。わたくしは、この世界を本当に……平和なものにしたい。どうか、協力してもらえないかしら」

「私からもお願いするよ」

フェリクスがオフィーリアの肩を抱いて、説明を始めた。

説明したのは、オフィーリアの義兄で闇夜のプリンスであるダークのこと。

闇夜の蝶がどのように生まれているのかということと。

そして、オフィーリアが闇夜のプリンセスになると闇夜の蝶を浄化することができるということ。

闇夜のプリンスであるダークは、非情に見えるが実は一番闇夜の蝶のことを考えているとオフィーリアは思っている。

闇夜のプリンスは闇夜の蝶の頂点に立っており、その伴侶(はんりょ)——闇夜のプリンセスになると、闇夜の蝶を浄化できるようになる。

人間から切り捨てられた恨みの部分から生まれた闇夜の蝶は、確かに剣や魔法で倒すことは可能だ。しかしそうすると、ただ死があるのみ。

——闇夜の蝶を救えるのは、闇夜のプリンセスが使える浄化の力だけ。

しかしオフィーリアは闇夜のプリンセスになるつもりはない。

ダークの伴侶にならなければならないし、そもそもオフィーリアは婚約者のフェリクスのことが好きだからだ。

しかし現状、闇夜のプリンセスの浄化以外で救う手立てはない。だからその方法を探すため、会話することにした。

――つまりオフィーリアは、闇夜の蝶を救いたいのだ。

最初こそ驚いたものの、三人とも真剣に話を聞いてくれた。

「なるほど、それが闇夜のプリンセスの役割なのか」

リアムの言葉にオフィーリアは頷く。

「お兄様の力を借りて闇夜の蝶を浄化したときは、お兄様はひどく消耗されていたの。プリンセスにならなければ、想像よりはるかに多く力が必要になると思うわ」

ダークが一度だけ浄化を体験させてはくれたけれど、次に浄化を使うのであれば力を自由に使える闇夜のプリンセスにならなければ無理だろう。

――今のままでは、力が足りないから。

「私も神殿で調べてみた。あまり有用な情報はなかったが、話してくれたように、闇夜の蝶が生まれるくらいの小さなサイズ、そして人間と同程度のサイズの記述があった」

「「――！」」

リアムの言葉に全員が息を呑む。

「やはりダークは……人間ではなく闇夜の蝶なのか？」

「それは……っ！」

クラウスの問いに、オフィーリアはぎゅっと拳を握りしめる。

ダークから明確な言葉は聞いていない。けれど、彼が闇夜の蝶であることは言動などから明らかで。

「わたくしにも、確かなことはわからないわ。……みんなも、お兄様に思うところはあると思うわ」

クラウスがオフィーリアのことをじっと見つめ、その言葉に真剣に耳を傾ける。

（お兄様は新年パーティをめちゃくちゃにしたし、闇夜の蝶を使って人を傷つけた。だけど……）

一番救いを求めているのも、きっとまたダークなのだ。

人間の恨みや憎しみが闇夜の蝶を生み、それが成長し闇夜のプリンスダークとなった。

その心の内には、いったいどれほどの憎悪があるのだろうか。

しっかりした自我を持ち、人間社会に違和感なく溶け込めるのだ。きっと、オフィーリアが想像できないほど大変なこともあっただろう。

生まれ、苦しむ闇夜の蝶を見たくはないだろう。

闇夜の蝶として、生きること自体が辛いかもしれない。

もしも——孤独な心を、誰かに埋めてほしいと願っていたら。

ダークのしたことを考えれば、無条件で助けるべきではない。もしかしたら、救いなんて必要ないと言われてしまうかもしれない。

「お兄様が闇夜の蝶の上位種だったとしても……わたくしは、闇夜の蝶を救いたい。そしてできることならば、死んだ人たちから闇夜の蝶が生まれない世界にしたいの……！」

方法すらもあやふやだけれど、やってみせると決めた。

フェリクスと結婚し、この国の王妃となったとき――闇夜の蝶の問題を解決し、胸を張ってこの国を守ったと告げたいのだ。

「図書館で調べはしたけれど、闇夜のプリンセスになる以外の方法はわからなくて……。だから、今は闇夜の蝶と話をしてみるしかないの」

やりたいことは決まっているのに、方法がわからないことがもどかしい。すると、リアムが一歩前へ出た。

「極論を言えば、神殿の目的は闇夜の蝶がいなくなることだ。私は喜んでこの身をオフィに差し出そう。――花壇の黒いフリージアに誓って」

「リアム様……！」

普段あまり笑顔を見せないリアムが柔らかく微笑み、オフィーリアの手の甲にそっと口づけをおくる。

しかしそれに負けじと前へ出てきたのは、エルヴィンだ。

「俺だってそうさ。闇夜の蝶を救いたいというなら、攻撃するだけの剣ではなく盾にだってなってみせる」

エルヴィンもリアムと同じように、オフィーリアの手の甲へ口づける。

「私を忘れるな。どうすればいいのか一緒に模索していきたいと思う」

真摯な眼差しで告げたクラウスも、同様にオフィーリアの手の甲へ口づけた。

そして最後に、フェリクスがオフィーリアの手を取る。

「ああもう、私のお姫様はもてすぎて困るね」

「フェリクス様……」

「大丈夫。私たちが必ず守るから、この世界を救おう」

優しく、しかし決意を秘めた目で告げるフェリクスに、オフィーリアはもちろん、リアム、クラウス、エルヴィンも頷いた。

「ありがとう。みんながいれば、できる気がするわ！」

オフィーリアが笑顔を見せると、再び全員が頷く。

（わたくし、本当に仲間に恵まれているわね）

話をするまでは、どんな反応をされるだろうと不安だった。けれどそんな悩みは一瞬で吹き飛んだ。

「えっと……ずっと立ち話だったから、疲れちゃったわよね？　せっかくだから、少しゆっくり――っ！」

ガーデンテーブルがあるので、ハーブティーでも。そう思ったのだが、急に甲高い声が聞こえてくる。

『きゃきゃきゃきゃっ！』

「「――っ⁉」」

現れたのは、通常の闇夜の蝶だ。

『人間！　殺ス‼』

「なっ！」

「警備の数は増やしたというのに……！」

フェリクスがオフィーリアを庇うように抱き寄せ、エルヴィンが剣を抜く。リアムとクラウスはいつでも魔法を使える体勢を取った。

しかしここで攻撃してはいけないと、オフィーリアは制止の声をあげる。

「――待って！　わたくし、話してみるわ」

今しがた対話をすると宣言したのだ。オフィーリアはフェリクスの手をぎゅっと握りしめながら、前へ出た。

「わたくしたちは、あなたを害したりしないわ！　ねえ、戦わない選択をしましょう？」

オフィーリアが必死で声をかけるが、しかし闇夜の蝶の表情は変わらない。いつものように、『きゃきゃっ』と無慈悲に笑う。

背中に、嫌な汗が流れる。

「お願い、話をしましょう！」

『意味が解ラないワ！』

闇夜の蝶は耳を貸そうとはしない。可愛い女の子の妖精のような外見だというのに、その高い声はひどく冷たく感じる。

『フリージアの巫女ハ、殺す！　騙されナい！』

「騙したりなんかしないわ！」

そんなことはないと否定するが、闇夜の蝶には伝わらないようだ。ぱっと手を前に出して、闇夜の蝶はオフィーリアを攻撃してきた。

『死ンで！』

「きゃあっ！」

「オフィ！」

オフィーリアは咄嗟に両手で自分を庇うが、それより早くフェリクスがオフィーリアの腕を引いて自身の後ろへ隠した。

「オフィ！」

フェリクスがオフィーリアの手をぐっと引いて、再び自身の後ろへ隠す。

「さすがにこれ以上は駄目だ！　ほかの闇夜の蝶も集まってきた！」

「そんな……っ！」

見ると、木々の間から二匹目の闇夜の蝶が姿を現していた。このまま増え続けてしまったら、対処が間に合わず生徒に被害が出てしまうかもしれない。

（闇属性で、闇夜の蝶の声が聞こえるのに……わたくしはなんて無力なの）

オフィーリアが唇を噛みしめるのと同時に、ぶわっと大きく風が舞った。その風に闇夜の蝶が巻き込まれ、吹き飛んだ。

「なかなか話し合いは難しいようだな」

「リアム様！」

「協力するとは言ったが、忘れてはならないことが一つある。オフィ」

リアムはもう一度、二度、風魔法を使って闇夜の蝶に魔法を使う。

「私たちにとって、オフィが一番だということだ」

だからオフィーリアが傷つくくらいなら、容赦なく闇夜の蝶を倒す。

そしてより一層、リアムの風が強くなる。さらにフェリクスが火魔法を使い、風と炎が混じり合って闇夜の蝶を吹っ飛ばした。

オフィーリアは目を見開いてリアムとフェリクスを見る。闇夜の蝶を倒すのではなく、多少の攻撃はしたものの、遠くへ学園の敷地の外へ飛ばした――撃退しただけだからだ。

「……ありがとう、みんな……」

全員がオフィーリアの安全が最優先だと告げながらも、意志を尊重してくれる。そのことが嬉しく、恵まれているとオフィーリアは思った。

「構わないさ。私たちだって、闇夜の蝶が救われるのならそれが一番いいからね。……王族の私はもっとしっかりしなければと、闇夜の蝶が生まれるのを見て身に沁みた」

フェリクスは人間の憎しみなどの部分が闇夜の蝶を生み出してしまうということに、もっと国がしっかりしなければならないと考えたようだ。

すべての恨みをなくすことなど不可能なのはわかっているけれど、せめて戦争のような争いは王族として絶対に起こしてはならないと思ったのだろう。

「わたくしも、もっと気を引きしめていきます」

（闇夜の蝶と会話をしたいとだけ主張して、それすら上手くいかないんじゃ駄目だわ）

どうにかして、自力で会話してもらえるようにならなければ。まず行動しようと、オフィーリアは決意した。

ダークはフェリクスたちによって闇夜の蝶が吹き飛ばされるのを、学園の屋上から見ていた。

以前は善戦していた気もしたが、今ではすっかり闇夜の蝶たちは軽くあしらわれている。かなり強くなったようだ。

「勝てない相手だとわかってもオフィのところに行くのは、無意識の内に闇夜のプリンセスの資質に惹かれているから……か？」

オフィーリアの義兄で闇夜のプリンス、ダーク・ルルーレイク。

アメジストのような紫の瞳。褐色の肌とウェーブがかかった黒の髪。引き締まった体は鍛えられており、魔法の腕も一流だ。

学園では三年生で、リアムと同じAクラスに所属している。

そんなダークは、闇夜のプリンセスとしてオフィーリアを自分の伴侶にと望んでいる。

しばらくすると、吹き飛ばされた闇夜の蝶たちがダークの周りに集まってきた。

『プリンス！　見てタノなラ助けてヨ！』

「お前たちが勝手にやったことだ。どうして俺が手を出さなきゃならないんだ」

お断りだと、ダークがはっきり言う。

ダークがしたいのはオフィーリアを伴侶にすることであって、殺すことではない。だからオフィーリアを殺そうとしている闇夜の蝶に手を貸すなんてもってのほかだ。

「学園でお前たちといるところを見られたら面倒だからな、ほら、散れ」

そう言って、ダークは闇夜の蝶を追い払った。

屋上から戻ったダークが廊下を歩いていると、前からオフィーリアがやってきた。

(一人なんて珍しいな)

さっきまでは騎士を侍らせていたというのに。しかし手にプリントを持っているので、教師に手伝いを頼まれたのだろうということはすぐにわかった。

「オフィ」

「お兄様……」

ダークが笑顔で声をかけると、オフィーリアはあからさまに動揺した。

新学期の準備などがあったこともあるが、闇夜の蝶が生まれる瞬間を見せて以降会うことがなかったので仕方がない。

きっと心の整理もまだついていないのだろうと、ダークは思う。

（なんていうか、からかいたくなるな……）

教師の手伝いをしているのなら邪魔はしない方がいいだろうと思ったが、止めだ。

「お兄様……」

「手伝ってやるよ。重いだろ？」

そう言って、ダークはオフィーリアが持っているプリントのほとんどを手に取る。女子生徒が一人で持つにはちょっと大変そうな重さだ。

「……ありがとうございます」

「素直だな」

「……っ！　わたくしだって、お礼くらい言います！」

ちょっと怒ったような口調で言うオフィーリアに、ダークは「そうかそうか」と笑う。

どうやら、自分は思っていたほど嫌(きら)われてはなさそうだ。

(俺は最初、オフィを殺そうとしたんだけどな)

オフィーリアに気づかれないくらい小さく、ダークはほっと胸を撫でおろした。

「んで、これはどこに運ぶんだ?」

「音楽室です」

「了解(りょうかい)」

あまり気にしていなかったが、プリントの表紙には曲名が書かれていた。明日からの授業で使う課題曲なのだろう。

(そういえば、オフィの歌…………下手(へた)だったな)

自分が駄目にしてしまった新年会はさておいて、冬休みの練習には何度も付き合った。頑張ってはいるのだが、かたつむりが歩く速さでくらいしか上達しなくて、あのときは困り果てたものだ。

「もしかして、次の新年会の代表もオフィがするのか……?」

「しないわよ!　というか、毎年選出されるから、まだ決まっていないという方が正しいかしら」

オフィーリアの言葉に、ダークはなるほどと頷く。

フェリクスは王太子だから自動的に代表なのかと思ったが、そうではないようだ。

「ということは俺とオフィになる可能性もあるってことか……？」

「安心してお兄様。わたくしは強い推薦でもない限り選ばれないから」

前回はフェリクスからの推薦で自分がパートナーになってしまった。

けれどそれはアリシアが出られなくなってしまうというイレギュラーがあったからなので、そうそうあることではないのだ。

「それもそうだ」

「すんなり納得されるのも、なんだか嫌だわ……」

微妙な顔をするオフィーリアに、ダークはくっと笑う。自分に対して、そうやって感情をあらわにしてくれることが嬉しい。

「なんですかお兄様。わたくしが選ばれないことがそんなに面白いですか？」

「まあ、あれだけ音痴だったらな」

「ううう……」

冬の間にかなり上達していたが、それでも音痴の域を出てはいない。ダークが練習に付き合わなかったら、きっと悲惨なことになっていただろう。

しばらく行くと音楽室に到着した。

「んで、このプリントはどうするんだ？」

「教卓の上に置いておけばいいみたいです」

ダークは教卓の上にプリントを置くと、教室にあるピアノに気づく。オフィーリアの歌の練習に付き合ったときは、何度もピアノを弾いたものだ。

ピアノのふたを開けて鍵盤に触れると、ぽーんと綺麗な音が響く。きちんと調律されており、澄んだ音が耳に心地いい。

「……うたうか？　オフィ……っ、ぶふっ」

「うたいません！」

なんとなく誘ってみただけなのだが、うたったときの音痴具合を思い出してダークは思わず笑ってしまった。

「まったく！」

失礼にもほどがありますと言いながら、オフィーリアは窓を開けた。休みの間は使われていなかったので、音楽室の空気が少しこもっていたからだ。

気持ちのいい風が吹いたのはいいが、プリントが飛んでしまった。

「あ——！　いけない！」

オフィーリアが慌ててプリントを集めるも、強い風が吹き込んで一枚だけ風に乗り窓の外へ飛んでいってしまった。

「あああぁぁ……」

「あーもう、何やってんだよ」

これは外に出て取りに行くしかないだろう。ダークがやれやれとため息をついていると、『キャキャ！』という声が聞こえてきた。

（お、ちょうどいいところに来たな）

学園には闇夜のプリンスであるダークがいるため、通常よりも闇夜の蝶が集まりやすい。加えて、ゲームの舞台だからという理由もあるのだが……これを知るのはアリシアとオフィーリアだけだ。

ダークは闇夜の蝶にプリントを取ってもらえばいいと考える。……が、オフィーリアがいるので素直に取ってくれるかはわからない。

（しかもあいつは、さっき吹っ飛ばされた蝶か）

軽い擦り傷くらいだったので、学園まで戻ってきたのだろう。

さてどうするか……とダークが隣にいるオフィーリアを見ると、嫌な汗をかいて固まっていた。

（ついさっき会話に失敗したんだから、そりゃそうか）

オフィーリアが対応するのは無理そうだとダークは判断したが、意外にも口を開いた。

「──闇夜の蝶、話をしたいの！」

『さっキのこト？　嫌ヨ！』

つーんと顔を背ける闇夜の蝶は、オフィーリアを拒絶している……ように見える。

(なんだ、案外ちゃんと会話には付き合うんだな)

ダークはオフィーリアと闇夜の蝶の様子を見て、小さく笑う。

「オフィ、飛んだプリントが木の枝に引っかかってる。頼んで取ってもらえ」

「え」

プリントが木の枝に引っかかったことに気づいていなかったオフィーリアが、ダークの指さした先を見て顔を青くした。

「あんなところに⁉　さすがに、あれをわたくしが取るのは無理だわ……」

教師から準備するよう頼まれたプリントを風に飛ばされただけではなく、手の届かない木の枝にひっかけてしまうなんて――と。

「でも、わたくしの頼みなんて聞いてくれるかしら……」

どうせ断られてしまうのでは？　という思いがオフィーリアにはあるようだ。ダークも、まあそれを否定はしない。

オフィーリアはしばし思案したあと、すぐに視線を闇夜の蝶へ向けた。どうやら、話しかける決心がついたようだ。

「ねえ、闇夜の蝶！　お願い、あのプリントを取ってくれないかしら」

『イヤ！』

オフィーリアが頼み込むも、答えはノーだ。闇夜の蝶は嫌な笑顔を浮かべながら、『困ったラいイノよ！』と言う。

「そんな……。あ、お礼にお菓子(かし)をあげるわ！　どうかしら」

『う、オ菓子……いらナイわ！』

闇夜の蝶はちょっと想像して、けれどぶんぶん首を振(ふ)った。オフィーリアにもらうのは嫌なのだろう。

しかしオフィーリアもめげない。

「お願い、お願いよ！　あなたじゃないと取れない場所にあるの！　ね？」

オフィーリアが手を合わせて必死に頼み込むが……闇夜の蝶は返事をしない。絶対に取ってやるもんかという意思を感じる。

オフィーリアと闇夜の蝶のやりとりを見て、ダークは苦笑する。

（これは無理そうだな）

さてどうするかとダークは考える。ダークが間に入れば簡単に解決し、プリントも取ってもらえるだろう。

（だが、それじゃ駄目だ）

オフィーリアは闇夜のプリンセス――自分の伴侶にするのだ。闇夜の蝶に侮(あなど)られたままというのは、よろしくない。

ダークが考える横で、オフィーリアと闇夜の蝶が取って取らないの攻防を繰り広げている。このままだと永遠に続きそうだ。

眺めているのも楽しいが——そう思ったところで、オフィーリアが「お願い！」とひときわ大きな声を出した。

「ねえ、取って！」

『イ——わかッタわ』

「——っ!?」

嫌と言いたかった闇夜の蝶が、素直に従った。

その行動を見たオフィーリアは、顔を青くしている。

（ああ、〝命令〟になったのか）

闇夜のプリンセスになっていないオフィーリアだが、闇夜の蝶に強制的な命令ができる。今まではお願いを口にしていたが、何度もやり取りしているうちに口調が強くなってしまったのだろう。

（つっても、そう簡単に命令を使えるわけじゃないんだが……さすがというか、なんというか）

やはり自分の伴侶に相応しいと、ダークはそう思う。

――黒のドレスを着せ、自分の横に立たせたい。

「オフィ」

「お兄様、わたくし……言葉、が。命令なんてするつもりはなかったのに……！」

何かを強制的に操れることが、怖いのだろう。オフィーリアの体は小刻みに震えていて、涙目になっている。

「大丈夫だ。お前は闇夜のプリンセスになるんだからな」

「……っ、ならないって、言ったわ！」

ダークも最初はオフィーリアを利用すればいいと思った。しかし兄妹として過ごすうちに、オフィーリアのいろいろなところを知った。

歌が下手、魔法が下手、駄目なことが致命的過ぎて驚いたものだが――それ以上に、ダークとの約束を守ってくれた。

ハーブティーを淹れてくれるという、ごく――家族であれば約束すらもいらないような内容だ。

そんなことで？　そう思うかもしれないが……それがとても、ダークの胸に温かい何かを残したのだ。

（俺だけのものにしてしまいたいのに）

無理やり手に入れても、きっとオフィーリアは笑顔を向けてはくれないだろう。力づくなら、簡単なのに。

「……ままならないな」

ダークの声は、しんと静まり返った音楽室に響く。

自分の行動を悔やむオフィーリアと、プリントを取ってきた闇夜の蝶も何も言葉を発することはできなかった。

翌朝、フェリクスがオフィーリアを寮の前まで迎えに来てくれた。その後ろには、リアム、クラウス、エルヴィンの三人もいる。

寮から出ていくほかの女子生徒たちが視線を向け、きゃぁきゃぁと黄色い声をあげていて……相変わらずこの四人は人気があるなとオフィーリアは思う。

（そんな四人がわたくしと一緒にいてくれるのって、改めて考えてもすごいことよね）

もちろんオフィーリアはフェリクス一筋なのだが、無意識のうちに顔が赤くなってしまったのを許してほしい。

「おはよう、オフィ」

「おはようございます」

　みんなと挨拶を交わして微笑むと、フェリクスがまじまじとオフィーリアの顔を覗き込んできた。

「えっと……フェリクス様？」

「目の下に隈ができてる。あまり眠れなかった？」

「――！」

　寝不足なことが顔に出ていたようだ。すると、エルヴィンも「可愛い顔が台無しだ」と心配そうな目をした。

「……闇夜の蝶のことで眠れなかったんだろう？　今日はゆっくり休んだ方がいいかもしれないね」

「いえ！　大丈夫です。その、ちょっと寝不足ではありますけれど……もっと強くならなければなりませんから」

　オフィーリアが笑顔を見せると、ふいに「休息も大事だぞ？」と後ろから手が伸びてきて抱きしめられた。

「「――!?」」

「お、お兄様……！」

現れたのはダークだった。

オフィーリアの肩に顔を乗せて、「お兄ちゃんは心配だぞ？」と言ってのけ——笑顔で怒りを顕にしたフェリクスに引きはがされる。

「オフィは私の婚約者だ。気軽に触れないでもらおうか」

「はは、オフィは俺の番になるんだ。そっちこそ、早く婚約解消すべきだろう」

フェリクスとダーク、二人の間にバチバチと火花が飛ぶ。

リアム、クラウス、エルヴィンの三人は、突然現れたダークに警戒する……が、あんな態度で来られたらどう対処していいかわからなくなってしまう。

「私たちはダークと共に闇夜の蝶が生まれた瞬間を見ていないからな……」

クラウスはため息をつきながら、もし一緒にそれを見ていたら考え方も違っていたのかもしれないと言う。

「人間が地上に捨てていく汚い部分が闇夜の蝶……か。言葉だけ聞くと、人間はとても醜く酷い生き物だと感じるな」

「だから、それごとまるっと救おうとしてるんだろ？　オフィは」

リアムの自嘲めいた言葉に、エルヴィンが否定するように言葉を返す。まだやり方はわからないけれど、知ったのなら全力で救えばいいとエルヴィンは考えたようだ。

「正直、俺は二人みたいに頭がよくないから難しく考えられないし、新年のパーティーでダークがしたことは許せるもんじゃないと思う。……だけど、事情を知った以上闇夜の蝶として生まれたから救われない……っていうのは、悲しいと思うんだ」

人間ではなく闇夜の蝶として生まれてきたのだとしたら、生きていく上でどんなに大変だったのだろうとエルヴィンは考えたようだ。

「俺も伯爵家の三男で、自分の立ち位置は結構微妙だからさ。かといって、兄貴たちと争うなんてしたくないし」

闇夜の蝶と比べるべきではないけれど、生まれながらにしてどうしようもできないことはあるのだとエルヴィンは知っている。

だからエルヴィンはオフィーリアと一緒にダークを救いたいと結論を出したようだ。

「私とて、闇夜の蝶が救われ地上からいなくなるならそれが一番いいと思っている。何より、オフィが望んだことだからな」

神殿の総意として断言することはできないが、リアム個人としてダークもとい闇夜の蝶を救うのであればそれでいいと考えている。

「私は正直まだ微妙ですけど……まあ、そこはおいおい法整備していけばいいでしょう」

クラウスはダークを倒すだとか、そういったことは保留にすることにしたようだ。

そんなことを話しながらリアム、クラウス、エルヴィンは、ダークとフェリクス二人のやり取りを見てやれやれとため息をつく。

——が、負けているわけにもいかないのだ。

「オフィ、陽当たりのいい場所でゆっくりするのもいいと思う。二人で昼寝でもしよう」

「いやいやいや、令嬢を昼寝に誘うなんて何を考えているんですかリアム様。あり得ません。オフィ、図書館は静かだから落ち着けるぞ」

「二人とも何言ってるんだっての。それより気分転換がいいでしょ！　オフィ、俺と街でデートしよう」

今度は三人がどうやって休むべきか提案を口にした。そしてあわよくば自分がオフィーリアと二人きりで過ごす時間がほしい——とも。

オフィーリアは全員を見回して、ふふっと笑う。

「駄目に決まっているでしょう！　わたくしたちは学生だもの。もちろん授業に出るわ。そのあとは、寮に戻って大人しく寝ることにします」

五人ともが残念そうな顔をしているが、こんなことでいちいち休んではいられない。オフィーリアは「早く行きましょう」と学園に向けて歩き出した。

二学年に上がったオフィーリアは、フェリクス、クラウスともにAクラスのままで、ほかの顔ぶれも変わらない。

ただ、特待生で入ってきたこのゲームのヒロイン——アリシアは謹慎(きんしん)ののち退学したためもういない。


教室に到着すると、数人の女子生徒が集まっているのが目にとまった。見ると、机の上に何かを置いてそれについて楽しく話をしているようだ。

(何かしら?)

オフィーリアが興味深そうにそわそわしていると、フェリクスが「行っておいで」とくすくす笑う。気になっていたことがわかってしまったようだ。

そんなに顔に出ていただろうかと思いつつ、オフィーリアは自分の机に鞄(かばん)を置いて令嬢たちのところへ行った。


「おはようございます」

「「「オフィーリア様！　おはようございます」」」

声をかけた三人の令嬢は、ぱっと表情を輝(かがや)かせた。

「オフィーリア様からお声掛けしていただけるなんて、とっても嬉しいですわ！」

「今日は一日いいことがありそうですね」

「二年生もよろしくお願いいたします、オフィーリア様」

オフィーリアは令嬢たちに勧めてもらった椅子に座り、机の上に並べられている動物や小物などをモチーフにした可愛らしい細工を見た。

「これは……砂糖菓子、かしら」

「そうです。我が家が懇意にしている商人から入ってきたものなんですよ」

「お菓子だなんて、すごいわね。職人の技術を感じるわ」

細部までこだわって丁寧に作られていて、動物をモチーフにしたものは躍動感があり今にも動き出しそうだとオフィーリアは思う。

「実はこれを使ってお茶会を開こうと考えているのです。せっかく学園に通っているのですから、多くの方と仲良くなりたくて」

この砂糖菓子であればお茶会での話題にもなるし、お土産にもらったら嬉しいだろうと令嬢は考えているようだ。

（確かにこんなに可愛い砂糖菓子が出てきたら、話も盛り上がりそうね）

オフィーリアはそう考え、ハッとする。

「わたくしも仲良くなりたい方がいるのだけど、あまりよく思われていないみたいで……。こういうものをプレゼントしたら喜んでもらえるかしら？」

「まあ、オフィーリア様に仲良くなりたい方が？　これは可愛いですから、仲良くなるきつかけになると思いますわ。贈り物用のラッピングも可愛くしてくれますよ。商会を紹介いたしますね」

「わ、ありがとう」

オフィーリア様にだけ特別ですと、令嬢は微笑んで教えてくれた。

「後日きちんとお礼をさせていただくわね」

「いいえ。オフィーリア様のお役にたてましたら嬉しいです」

お礼を言ったタイミングで、ちょうど教師がやってきた。どうやら楽しいお喋りの時間はここまでのようだ。

後日、オフィーリアは令嬢に紹介してもらった砂糖菓子を無事に購入することができた。三色のリボンで可愛くラッピングされた小さな箱は、見ているだけで心が躍る。

それを持って、オフィーリアは校舎裏にやってきた。周囲に人がいないことを確認し、そっと呼びかける。

「闇夜の蝶、どこかにいるかしら……？」

しかし反応はない。

（今日もいるかもと思ったけれど、前回は攻撃してしまったわけだし、危険な場所に居続けるわけがないか……）

オフィーリアは肩を落としつつ、今回は残念だがあきらめることにした。

「……またの機会にしましょう」

仕方なく裏庭を後にして学園の庭園を歩いていると、「オフィ？」と呼ばれてオフィーリアは足を止める。

「？　──フェリクス様！」

振り返ったところにいたのは、フェリクスだった。やれやれとため息をついて、「どこかへ行くなら声をかけてくれないと」とむすっとした表情を見せた。

「一人で闇夜の蝶を探すなんて、無謀すぎる」

「あ……。すみません。お菓子を渡すだけなので大丈夫かと思ってしまって」

確かにフェリクスに声をかけるべきだったとオフィーリアは反省する。

「お菓子って……この間、女子の間で話題になっていた砂糖菓子？」

「そうです。とっても可愛い細工で、サイズも小さいので闇夜の蝶にはちょうどいいと思って」

しかし渡すどころか会うこともできなかったですと、オフィーリアは苦笑する。……まあ、そう簡単に会えても問題なのだけれど。

「オフィのそういう気遣い、すごく好きだな」

「――！　フェリクス様？」

「私にはいつもレモンゼリーを作ってくれるだろう？　闇夜の蝶がそのお菓子が好きかはわからないけれど、相手の好きなものを予想して用意する心遣いは素敵だと思う」

　フェリクスはオフィーリアが地道に試行錯誤して闇夜の蝶と会話しようとしていることを、自分のエピソードを交えて褒めてくれた。

　さらにぽんと頭を撫でられてしまい、頬が赤くなる。

「闇夜の蝶はいないみたいだから……ねえ、オフィ。少し散歩をして帰ろうか」

「はい」

　寮に帰るまでの少しの間だけれど、二人きりでのデートだ。自然とオフィーリアの表情が緩む。

　すると、フェリクスがオフィーリアの手を取った。そのまま指先がするりと動いて、いわゆる恋人繋ぎになった。

「あ！　フェリクス様」

「せっかく二人きりなんだから。……ね？」

「は、はい……」

　数日夢見が悪く寝不足気味だったけれど、フェリクスのことを思い出したら穏やかな気持ちになってすぐにでも眠れそうだとオフィーリアは微笑んだ。

学園の庭園を歩いていると、花壇いっぱいのチューリップが目に入った。

「——あ！　あのチューリップ！」

「私とオフィが植えたチューリップだ。綺麗に咲いているね」

赤、白、黄色、ピンクと並ぶ色とりどりのチューリップは、以前オフィーリアとフェリクスが庭師見習いのイオに植えさせてもらったものだ。

あのときはまだ咲いていなかったけれど、春がきて暖かくなったから咲いたのだろう。

「確か、私たちが植えたものは赤だとイオが言っていたね」

「はい！　ここら辺だったと思います」

しゃがみ込んでチューリップを見ると、大きな花が咲いていてとても立派だ。

植えたときはまだヒロインが学園にいて、乙女ゲーム本編の真っ最中だった。そのため、こうして花が咲いたところを見られるのがとても嬉しい。

「フェリクス様の色ですね」

「私としては、オフィの色のチューリップが隣にあると嬉しかったんだが……」

残念だとフェリクスが言う。その仕草がなんだか拗(す)ねた子どものようで、オフィーリアはくすりと笑う。

「チューリップには青や水色はないんです」

「そうなのか？　それは知らなかった。……が、勿体ないな。オフィの青はこんなに綺麗なのに、チューリップで見ることができないなんて」

「！」

そう言ったフェリクスの手がオフィーリアの頬に添えられて、頬が熱を持つ。ふいに顔を触られて、ドキドキしないはずがない。

「オフィ」

「……フェリクス様……」

鼓動が大きくなるのと一緒に、フェリクスの顔が近づいてくる。オフィーリアが目を閉じるのと同時に、柔らかな唇が触れあった。

「ん……っ」

いつ、誰が通るかもわからないこんな場所で口づけをしてしまうなんて……そう思うも、フェリクスからの好意が嬉しくて受け入れてしまう。

触れただけで離れた唇に名残惜しい思いすら感じてしまうほどだ。

わずかに照れたフェリクスが、オフィーリアの額に優しくキスを落とす。

「さすがに、ここでこれ以上はね……」

残念だけどと言うフェリクスに、オフィーリアの顔が真っ赤になったのは言うまでもない。

「さあ、行こうか」

「はい」

再び手を繋ぎ、オフィーリアとフェリクスは寮へ向かった。

第二章　闇に覆われた日

「いい加減、俺の番になったらどうだ？」

「い・や・で・す！」


朝の登校時、オフィーリアを迎えに来たダークが開口一番にそう告げた。

ここ最近の日課になっているダークの口説き文句を聞き、リアム、クラウス、エルヴィンの三人が睨んだ。

「まったく懲りないな……」

そしてフェリクスは、オフィーリアの腰を抱いて自分の方へ引き寄せた。

「フェリクス様！」

「オフィは私の婚約者だ。触れるな」

「でも、俺の番だ」

フェリクスの睨みに負けじとダークが言い返す。

（わたくしはお兄様の番になるつもりなんてないのに……。これじゃあ、ずっと平行線の

ままだわ）

きっぱり嫌だと告げているのに、ダークはオフィーリアに執着している。正確には、闇夜のプリンセスに――だろうか。

「急がないと予鈴が鳴ってしまうわ。行きましょう」

「それもそうだ。行こう、オフィ」

「はい」

オフィーリアはフェリクスにエスコートされながら、少しだけ足を速めた。その後ろには、クラウスとエルヴィンが続いている。

ダークは急ぐオフィーリアとフェリクスとは違い、歩く速度を緩める。なんだかんだ、はっきりとオフィーリアに否定されるのが嫌なのだ。

ふくれっ面のダークを見たリアムが、「あきらめたらどうだ？」と口にする。

「オフィをか？　馬鹿を言うな」

「彼女はフリージアの巫女だ。神官の私の伴侶の方が合っている」

「お前もか……」

オフィーリアはどうにもモテすぎて困るなと言いつつ、ダークは愉快そうに口元に弧を描く。自分の番になる闇夜のプリンセスはそれほどまでに魅力的なのだと、そう思えるからだ。

「追いかけなくていいのか？　予鈴が鳴るぞ」

「別に本鈴までに着ければいい」

自分はきっちり予鈴前行動なんてしなくていいとリアムが言う。

別にテストの点なんて関係はないし、どちらかといえばダークを見張っていられるのでこちらの方が都合はいい。

「ふ～ん……神官サマも、いい加減なところはあるんだな」

しれっと言い放ったリアムに対して、ダークはククッと笑う。

「しかしオフィも強情だな。闇夜の蝶との会話なんて、無理だろう？　アイツらがそう簡単に言うことを聞くかよ」

「……教えることは何もない」

「なんだ、つれないな」

オフィーリアがしようとしていることは、ダークに筒抜けのようだ。

無理だと言うことは簡単だろうが、リアムはオフィーリアの決意を素直に称賛している。ダークにそんなこと言われる筋合いはない。

「――早くしないと本鈴も鳴る。急ぐぞ」

リアムはそう告げて、歩くスピードを上げた。

闇夜の蝶と会話をして世界を救う――そんな目標を持ってはいるものの、学園生活はいつも通りだ。

教師が前で解説する数学を聞きながら、オフィーリアは今後のことを考える。

とはいえ、毎日闇夜の蝶のことを考えているので……さすがにちょっと疲れてしまった。

（でも早く解決しないと、何があるかわからないし……）

元々ゲームではラスボスとして巨大な闇夜の蝶が登場した。それはアリシア――ヒロインが攻略対象者たちと倒すことで平和が訪れる。

――では、悪役令嬢ルートになった今は？

露骨なラスボスは出て来ていないけれど、闇夜の蝶の数は増えているし、闇夜のプリンスのダークがいる。

（たぶん悪役令嬢ルートのシナリオがあるはず……よね？）

自分が闇夜のプリンセスであることと関係していて、それは闇夜の蝶を浄化できるかどうかにもかかっている……と、オフィーリアは考えているのだ。

（闇夜のプリンセスにならなきゃ進まない……なんてルートだったらどうしよう）

そんな不安が溢れてくる。

その時、カサリと音がした。

（え？）

膝の上に、折られた紙があることに気づく。どうやら誰かが投げて寄こしてきたようだ。

（もしかして……）

ちらりと隣の席へ視線を向けると、『しー』と口に人差し指を立ててフェリクスが微笑んでいた。

（フェリクス様からの秘密の手紙⁉）

思わず嬉しくて声を出しそうになり、オフィーリアは慌てて口を押さえる。その様子を見たフェリクスが、クスクス笑った。

（うう、恥ずかしいところを見せてしまったわ）

なんて書いてあるのだろう？　こっそり机の下で紙を開くと、『今日は二人だけでランチをしない？』というお誘いだった。

（フェリクス様と二人で……⁉）

それは……正直言って、かなり嬉しい。

最近はリアム、クラウス、エルヴィンの三人も一緒にランチをしているので、オフィーリアがフェリクスと二人きりになれる機会はほとんどないのだ。

　朝も四人とダークが迎えにくるので、ゆっくり二人で……と言うのは難しい――いや、無理だと断言できる。

　オフィーリアはメモ帳を取り出して、『とっても嬉しいです！』と返事を書く。それを教師の目を盗み、フェリクスへ渡す。

　授業中にいけないことをしているので、ちょっとドキドキだ。

　手紙を開いて読んだフェリクスは、嬉しそうに顔をほころばせてオフィーリアへ視線を向けてくれた。

　すると、フェリクスが再び紙にペンを走らせ、オフィーリアへ。

（……っ、『久しぶりにオフィを独占できる』って!!）

　そんなことを言われたら、嬉しくてたまらない。授業中じゃなかったら、間違いなく声をあげていただろう。

　オフィーリアは顔を赤くしながら、昼休みになるのを待った。

　授業の終わりのチャイムが鳴ると、すぐにフェリクスがやってきた。

「行こう、オフィ。事情はクラウスに話しておいたから」

「はい！」

どうやらフェリクスはクラウスにリアムとエルヴィンのことを頼んだようだ。見ると、仕方がないといった感じで苦笑している。

二人は庭園の端までやってきた。ここはほとんど人が来ないので静かだし、二人だけでゆっくりすることができる。

並んでベンチに座り、フェリクスが膝の上にお弁当を置いた。

「わ、美味しそう」

オフィーリアは美味しいご飯に大好きなフェリクスがいて、顔がにやにやしてしまう。

「オフィに喜んでもらえると、頑張った甲斐があったというものだ」

自信作なんだと、卵焼きを食べさせてくれる。

「ん～、ふわふわです！」

「よかった」

時間が経って冷めてしまっているのに、どうしてこんなに美味しいのか……と、オフィーリアはフェリクスの料理スキルに驚く。

「料理人だと言われても納得してしまいます……！」

「いくらなんでも大袈裟だよ、オフィ」

料理長にもまだまだだと言われているのだと、フェリクスは苦笑するが……。

（でも、料理長がそんな風に言うなら……正直なところ、かなり腕前を認められているんじゃないかしら？）

と、オフィーリアは思うのだ。

「わたくし、今度レモンゼリーを作りますね」

「本当？　オフィのレモンゼリーが一番好きだから、嬉しいな」

破顔するフェリクスに、オフィーリアも頬を緩める。

どんどん腕前を上げていくフェリクスに負けないよう……と言ったら変かもしれないが、レモンゼリーだけは絶対に美味しいものを食べさせてあげられるよう頑張らなければ！

と、オフィーリアは意気込んだ。誰にも譲りたくはない。

（じゃなきゃ、婚約者として不甲斐ないわ！）

一番好きなものを作ってあげられるのは、自分でありたいとオフィーリアは思う。

「実は……今日はオフィに食べてもらいたくて、ハーブのスコーンを焼いてきたんだ」

「ハーブの⁉　スコーンを⁉　焼いて……⁉」

「そんなに驚かなくても」

オフィーリアの驚き具合に、逆にフェリクスが驚いて笑った。

「いえ、登校前にスコーンを焼くのはすごく大変なのでは……と思いまして」

しかもお弁当まで作ってくれているのだ。フェリクスの睡眠時間は足りているのだろうかと心配になる。

「意外と簡単に作れるんだよ。お弁当を作っている間に焼けばいいから、そこまで手間もかかってないんだ」

だから負担になっていないと、フェリクスが遠回しに説明してくれる。

「それならいいのですが、無理はしないでくださいね？」

「もちろん。……ただ、オフィが美味しそうに笑顔で食べてくれることを考えると、どうにもいろいろ作りたくなってしまうんだ」

「――！」

フェリクスは照れながら、ハーブスコーンを半分に割った。香ってくるハーブの香りに、オフィーリアは思わず目を閉じる。

（すごくいい香り。わたくしのことを考えて作ったなんて言われたら……どんな顔で食べたらいいかわからないわ！）

今すぐ茹蛸にでもなってしまいそうだ。

顔を真っ赤にしたオフィーリアを見て、フェリクスは可愛いなと思う。

（香りに反応したからとはいえ、目をつぶるなんて無防備もいいところだ。しかもいい匂いだからって、表情も緩んでる）

こんなの、可愛い以外言いようがない。

「どうぞ」

「――んっ！」

フェリクスが不意打ちでスコーンをオフィーリアの口に持っていくと、驚いて目を見開いた。パチパチと目を瞬かせ、「んん～！」と何か言いたげにこちらを見ている。

しかし食べながら喋るのは行儀が悪いとわかっているオフィーリアは、一生懸命モグモグしている。

（なんだか小動物に餌付けしてる気分だ）

食べきったオフィーリアがフェリクスを見て、「突然すぎます！」と頬を膨らませた。

「可愛くて、ついついね。味はどうだった？」

「うぅ……っ、お、美味しかったです。生地に練りこまれたハーブの量もほどよくて、何よりとても細かく刻んであるので食感がまったく気になりませんでした！　ハーブの香りがスコーンに引き立てられていると思います。大好きです」

簡単に可愛いと言いすぎですと言いながらも、オフィーリアはハーブスコーンをかなり気に入ってくれたようだ。

（大好き、ね）

不意打ちのように言われた感想だったけれど、フェリクスは思わず顔を赤くするのだった。

――授業が終わり、放課後。

オフィーリアが帰り支度をしていると、リアムが教室にやってきた。

闇夜の蝶との会話を試みてはいるけれど、襲われて戦闘になってしまう可能性もあるので、登下校時は基本的にみんなでいるようにしているのだ。

「お待たせ、オフィ。エルヴィンは鍛錬があるから、今日は私だけだ」

「そうなんですね。フェリクス様は先生に呼ばれていて、クラウス様は図書館に調べ物をしに行っているんです。わたくしは先に帰るよう言われているのですが……」

だから今日はオフィーリアとリアムとエルヴィンの三人で帰るものだと思っていたのだが……、二人きりのようだ。

「二人か……なら、街へ出かけないか？」

「え？」

「最近、闇夜の蝶やダークの件で疲れているだろう？　気分転換も必要だ」

リアムなりにオフィーリアのことを気遣って提案してくれたらしい。その心遣いが嬉しい。

（闇夜の蝶関連で、最近はいつも緊張しっぱなしだったものね）

大好きなハーブを買いに行く回数も減ったので、今日は久しぶりにいろいろ見てハーブティー用のハーブを補充するのがいいかもしれない。

「じゃあ……よろしくお願いします」

「ああ」

リアムにエスコートされ、オフィーリアは教室を出た。

のんびりウィンドウショッピングをした後、オフィーリアはリアムと一緒にハーブを扱う店へやってきた。

店内に並ぶハーブは、乾燥させたもの、ハーブティー用に加工したものなど幅広く取り扱っていてオフィーリアのお気に入りだ。

プレゼント用などにパッケージされたものだけではなく、大きな瓶の中に入ったハーブを量り売りもしているのでハーブ好きのオフィーリアにはたまらないのだ。

自分の好みにブレンドすることもできてしまうので、はまり出したら止まらない。

店内には、ハーブの独特な香りが漂っている。

（はぁぁ……ハーブの香り……落ち着くわ）

オフィーリアはうっとりしながら店内を見回す。そしてそのまま振り返り、後ろにいるリアムに声をかけた。

「わたくしの好きなお店ばかりですみません、リアム様」

アクセサリーを見たり、ティーセットを見たり……普段あまりリアムが関心のなさそうなお店ばかりで申し訳なくなってしまった。

「別に気にすることはない。こういった店は来ないから、なんだか新鮮で楽しい」

優しい笑顔で「お勧めはどれだ？」と言うリアムに、オフィーリアは思わず手で口元を押さえる。

（なんて破壊力の強い笑顔……！）

リアムは最初こそ無関心を貫く性格だが、一度懐に入れてしまった相手にはことさら甘いのだ。

それがリアムが人気だった理由でもある。

「そうですね……」

オフィーリアはドキドキしてしまうのを抑えながら、どれをリアムに勧めようかとハーブを見ていく。

棚に並んでいるハーブは瓶に入っていて、それぞれ名前の書かれた可愛いシールが貼られている。

(これは香りが強すぎるかな？　こっちは色が濃いピンクだから奇抜かも？)

むむむと悩みながら、オフィーリアはリアムを見る。

「リアム様は普段ハーブティーを飲まれますか？」

「いや、オフィが淹れてくれたときくらいしか飲まないな……」

「でしたら、あまり癖の強くないものがいいですね。たとえば、このルイボスだと食事のときにもお勧めですよ。ホットでもアイスでも、どちらでも美味しくいただけます」

これから暑くなるので、アイスで飲んでもいいだろう。

ルイボスティーはカフェインが含まれておらず、寝る前に飲むのもいい。味は烏龍茶に似た感じなので、ハーブティーに慣れていなくても飲みやすいだろう。

オフィーリアが説明すると、リアムはルイボスティーのパッケージを手に取った。

「なら、これにしてみよう」

「はい！」

「飲むのが今から楽しみだ」

リアムに喜んでもらえたことにほっとしていると、出入り口のドアが開いて、同時に「あ」という聞き馴染んだ声が耳に届いた。

「オフィにリアムじゃないか。買い物か？」

「……お兄様」

「どこにでも出没するな……」

リアムは自然な動作でオフィーリアを背に庇い、ダークとの間に立った。

「いったいハーブ店になんの用だ？　お前が茶を淹れるようには思えないが？」

「失礼なもの言いだなぁ……。俺はあれだ、オフィに淹れてもらうためのハーブを買いに来たんだよ。なのにオフィと鉢合わせしちゃ、格好がつかねぇけど」

ダークは笑いながら、「ここは街で一番品揃えがいいんだろ？」と言う。どうやらリサーチをしてきたようだ。

（確かにお兄様はわたくしのハーブティーを好きだと言ってくれた……）

さらにハーブをプレゼントしてくれようとしている。

「……だけど、わたくしはお兄様と仲良くするつもりはないわ。わたくしは自分の力で闇夜の蝶を救ってみせる！」

「相手にされなかったのに？」

「――っ！」

オフィーリアの必死の言葉をダークは一蹴した。そんなことは自分が一番知っている。

なのに何も反論できないことがもどかしい。

（やっぱり、わたくしの力だけじゃ闇夜の蝶を……この世界を救えないの……？）

「オフィ。別にダークと話をする必要はない。私たちはもう出よう」

「あ、リアム様……」

リアムはハーブを数袋手に取ると、「釣りはいらない」と言って店主にお金を渡し、オフィーリアの手を取って店を出た。


少し早歩きで街を歩くと、オフィーリアの息が上がる。

「ああ、すまない。大丈夫か?」

「これくらいなら大丈夫ですよ」

でももっと運動しないといけませんねと、オフィーリアは苦笑する。

「ありがとうございます、リアム様。……お兄様とどう接したらいいか、やっぱりまだよくわからなくて」

思い出すのは、オフィーリアの淹れたハーブティーを美味しそうに飲むダークの姿。そして闇夜の蝶を助けてくれと懇願した闇夜のプリンスの姿。

リアムはオフィーリアをエスコートしながら、歩みを緩めた。

「……あの男は摑みどころがない。すべてどうでもよさそうにしているくせに、オフィの話を聞くと救いを求めているとしか思えないようにも見える」

「救い……」

確かにそうかもしれないと、オフィーリアは思う。

「わたくしが闇夜のプリンセスになれば、すべてを救える……のですよね？」

「オフィ」

「……なろうと考えているわけではありません。ならなくても、闇夜の蝶を救う方法を考えたい。それか、せめてわたくしたち人間と共存できるようになれれば……」

そうすれば、わずかだけれど救いになるのではないだろうか。

（でも、お兄様には「違う」と言われてしまうかもしれないわね）

リアムはオフィーリアの頭を撫でて、「焦らなくていい」と告げた。無理をして疲弊する姿は見たくはないと。

それからしばらく歩いていると、「着いた」というリアムの声が聞こえた。

「え……？」

（お兄様のことを考えながら歩いていたら……神殿？）

オフィーリアの目の前にあったのは、荘厳な神殿だった。女神フリージアを祀ってある、リアムが神官として在籍している場所だ。

歴史を窺わせる外壁と、その周囲には白いフリージアが植えられた花壇。高さのある窓にはステンドグラスが使われていて、フリージアのデザインになっている。

神殿の前で掃き掃除をしていた巫女がこちらに気づき、「リアム様！」と声をあげた。

頭を下げて、そのまま扉を開ける。

「外だと落ち着かないだろう？　ここなら休憩もできると思ったんだ」

せっかく気分転換のために外へ出たのに、偶然とはいえダークに会って、そのまま帰ったのではあまり意味がないとリアムが言う。

「……ありがとうございます」

オフィーリアはリアムの優しさに感謝して、神殿へ足を踏み入れた。


通されたのは、落ち着いた印象の応接室だ。

オフィーリアはそわそわしながら室内を見回す。

貴族の屋敷とは違い、華美な装飾品の類いはなく、逆に新鮮な気持ちになる。壁にかかっている絵は女神フリージアをモデルにしたものか、フリージアの花ばかりだ。

「珍しいか？」

「あ、ごめんなさい。わたくしったら、見すぎてしまって」

「いや、別に構わないさ。……飲み物はどうしようか。紅茶か、それとも……」

リアムが何があったか思い出そうとしているのを見て、オフィーリアは「それなら」と提案する。

「先ほど購入したハーブはどうですか？　わたくしが淹れますよ」

「それは嬉しいな」

オフィーリアが申し出ると、リアムが微笑んだ。持っていたハーブをオフィーリアに渡して、ティーポットやお湯の用意をしてくれる。

「ありがとうございます」

ハーブを適量取り出してティーポットにセットし、お湯を注いでしばらく置く。ゆっくり香りが漂ってくるこの瞬間がオフィーリアは大好きだ。

「確かにこれはいい香りだな」

リアムが褒めてくれたのを聞いて、オフィーリアはぱっと表情をほころばせる。

「そうなんですよ！　いい香りでしょう？　これは甘みや酸味などがないので、そういった味が苦手な方でも飲みやすいんですよ」

オフィーリアはティーカップに注いでリアムにルイボスティーを差し出した。

「どうぞ」

「ありがとう」

リアムはゆっくり口をつけ、ほっと息をつく。穏やかな表情を見せるリアムに、オフィーリアも温かい気持ちになる。

（やっぱりハーブティーを飲むと落ち着くわね。寮でも、もっとハーブティーを淹れる時

間を取ろう）

「美味いな」

「よかったです」

ルイボスティーを気に入ってもらえたので、今度また違うお勧めのハーブをプレゼントしようかな、とオフィーリアは考える。

（少しずつ香りの強いものをプレゼントしていって、気づいたときにはハーブティー仲間……なんて、さすがに無理かしら）

そんな作戦が思い浮かぶが、その考えはすぐに振り払う。

（布教するんじゃなくて、日頃のお礼よ、お礼！）

いつも守ってもらってばかりなので、こういったリラックスできる時間にはどんどん貢献していきたいのだ。

「それにしても、神殿は外観もそうですが……内部も歴史の重みを感じますね。わたくし、初めて入りました」

「初めて？」

物心ついてから神殿に入るのは初めてだ。いつも立派な建物だと思いながら見ていたくらいで。

「はい。その……わたくしは闇属性なので、あまり近づかない方がいいかな……と」

別に闇属性だから神殿から弾かれるとか、そういった話は聞かない。

だから別に立ち入りが禁止されているわけではないのだが……いい目で見られはしないだろう。そう考えると、どうしても足が遠のいてしまった。

「……神殿のせいで闇属性が生きづらくなっているのだな」

「いえ！　別に神殿のせい……というわけではありません」

――たぶん。

しかし実際問題、闇夜の蝶と会話ができると言われている闇属性が世間からよく思われていないのは事実だ。

(それに、わたくしも闇属性に対する世間の目をどうにかしようとは考えなかったもの)

闇属性だから、悪役令嬢だから、だからという言葉を都合よく言い訳に使ってしまっていたのかもしれない。

(……闇夜の蝶を救うついでに、闇属性の待遇改善というか……忌避されるようなことがないようにするというのはどうかしら？)

おそらくオフィーリアのように闇属性だと言えない人はいるはずだ。

「考え事か？　オフィ？　オフィーリア？」

「はっ！」

自分の思考にどっぷり漬かっていたことに気づき、オフィーリアは慌てて顔を上げた。

そこには、どこか楽しそうなリアムの顔があった。

「オフィを眺めながら茶を飲むのもいいものだな」

「――っ！　そういうことを恥ずかしげもなく言わないでください……」

「そうか？」

（くうぅ、これが計算でもなんでもなく素なんだもの、ゲームで人気ナンバー1に上りつめるはずだわ……！）

うっかりドキドキしてしまったのは許してほしい。

きょとんとしながら言うリアムに、オフィーリアは精一杯頷いてみせる。リアムは自分の笑顔にどれだけ破壊力があるのかもう少し自覚した方がいい。

すると、リアムが「その方がいいな」と言う。

「オフィは難しいことを考えているより、そうしている方がいい。悩むことも大事だが、それにばかり気を取られていたら疲れてしまうだろう？」

今のようにしていればいいと、微笑まれてしまった。

「甘やかしすぎです、リアム様」

オフィーリアがそう言って微笑み返していると、ドアの外からざわざわと騒がしい物音が聞こえてきた。

「……？　誰か来たんでしょうか？」

「まったく……ここにいることは内密にと言っておいたのだがな」

「リアム様？」

ため息をつきながら立ち上がったリアムが、ドアの方を見てオフィーリアに視線を戻す。その表情は、なんとも面倒くさそうに見える。

（どういうこと……⁉）

オフィーリアは意味が解らず、もしやリアムにも予定があって長居しすぎてしまったのでは⁉　と焦る。

（そうよね、普段は学園にいる神官のリアム様が神殿に来たのだから、話したい人もたくさんいるわよね⁉）

これはいけないと、オフィーリアは慌てて立ち上がる。

「ごめんなさい、リアム様！　わたくしそろそろお暇を――」

しかしそこまで言ったとき、ドアが開いて数人の神官と巫女が倒れるようになだれ込んできた。まるでドアの外で聞き耳を立てていたみたいだ。

「えっ⁉」

オフィーリアが驚きに目を見開くと、リアムは「はぁ……」と遠慮なくため息をついた。

「何をしているんですか、先生」

「フォッフォッフォッ……見つかってしまったか」

リアムに先生と呼ばれた老人はひょうきんな様子で笑う。その後ろにいる神官たちは、二十代前後とまだ年若い。

「そんなにオフィに会いたかったのですか……」

「そりゃあ、そうじゃろう！　フリージアの巫女のオフィーリア様にお目にかかりたくない者など、ここにはおらぬさ。オフィーリア様、お初にお目にかかります。グリフと申します」

グリフは姿勢を正すと、フリージアの巫女であるオフィーリアにうやうやしく礼をした。その姿からは、先ほど聞き耳を立てていたとは微塵も感じられない。

「オフィーリア・ルルーレイクです。わたくしこそ、お会いできて光栄です」

優雅に淑女の礼をして見せると、神官たちが「おぉぉ……」と感嘆の声をもらした。オフィーリアにかなりの期待をしているようだ。

（そうよね、フリージアの巫女は神殿にとって大きな意味を持つもの）

こんなにも自分に期待してくれている人たちがいるのだと、オフィーリアは改めて思うことができた。

「先生、オフィが困っています。早く私と二人きりにさせてください」

「お前ね、本音と建て前の両方が出ているではないか……」

リアムのストレートな物言いに、グリフはやれやれと自身の長い髭を撫でる。グリフだって、せっかくの機会だからオフィーリアと話をしたいのだ。

そんな二人のやり取りに、オフィーリアはどうしたものかと苦笑する。

(というかリアム様、グリム様の前だと心なしか子どもっぽい?)

なんだか新たな一面を発見した気分だ。先ほどのリアムではないけれど、今の様子を楽しく見ていたいと思ってしまった。


話をするなら、せっかくなのでみんなでお茶でも——オフィーリアがそう言おうとした瞬間、部屋が陰った。

太陽に大きな雲でもかかったのだろうか。そう思ってオフィーリアが座ったまま窓を見ると、空が黒くなっているのが見えた。

「え?」

オフィーリアが思わず声をあげると、リアムやグリフたちも窓の外を見た。そして驚愕に目を見開いている。

どうやら誰もこんな空を見たことはなかったようだ。

(雷雲……じゃ、ないわよね?)

不思議な光景に、最初に声をあげたのは誰だったろうか。外からの叫び声だろうか。いや――空からの声だ。

『キャキャ、コレデ世界ハ私たチのもの！』

（――っ！　闇夜の蝶の声!!）

オフィーリアは窓に近寄り、空を見上げる。

「何、これ――」

真っ黒に染まった原因は、空を埋め尽くすほどの闇夜の蝶だった。とてもではないがどれほどの数いるのかわからない。

『プリンス、早ク来て！』

『早く早ク！　プリンス、コノ世界を支配シて！』

闇夜の蝶の声が、オフィーリアの耳に届く。

「駄目、駄目よそんなの……」

空から聞こえる闇夜の蝶の声に、オフィーリアはくらりと眩暈を感じた。まさかこんなことになってしまうなんて、いったい誰が予想できたというのか。

「オフィ！」

「リアム様……闇夜の蝶が……」

すぐ横へやって来たリアムの手が、オフィーリアの肩を倒れないようにしっかりと支えてくれた。

「まさかあれほどの蝶がいたとは」

オフィーリアとリアムが空を見上げている背後で、ガタンと音がする。見ると、神官と巫女たちがあまりの恐ろしさに倒れこみ尻もちをついていた。

「うそ、あんな大群が……」

「いったいどこに潜んでいたんだ」

「倒せるわけないわ……」

目には涙が浮かび、無意識のうちに震えている。今からこの世の終わりが始まるのだと、そう思っているのだろう。

(だけど、そう考えてしまうのも仕方のない光景だわ……)

オフィーリアの瞳に絶望の色が浮かぶ。悠長に「闇夜の蝶と会話をしよう」なんて言っていられる時期はとっくに過ぎていたのだ。

ひとまず、今どうするべきかを考えなければいけない。

おそらく神殿は、他と比べると比較的安全だろう。闇夜の蝶と戦える人間が多いし、建物も頑丈だ。

（でも、これは悪役令嬢ルートのイベント……かもしれない）

元々のゲームストーリーでも、闇夜の蝶のボスを倒さなければならなかったことを考えると、あり得ない話ではない。

そうなると、オフィーリアがここにとどまっているのはよろしくない。

別の場所で何かが動いているかもしれないし、オフィーリアが行動しなければ現状のまま……ということも考えられる。

（まずはフェリクス様と合流しないといけないけれど、学園の様子も確認しておきたいわね）

間違いなく対処は王城で行われるだろうが、このゲームの舞台はあくまでも学園なのだ。

そのため、何もなくとも一度は足を運びたい。

（それに……カリンは大丈夫かしら）

学園にはフェリクスたちがいたと思うので、最悪の事態になっていることはないと思うのだが、無事な姿を見たい。

「フェリクス様、クラウス様、エルヴィン様……。大丈夫だとは思うけれど、今は無事でいてくれることを祈るしかないわね」

オフィーリアは窓から空の闇夜の蝶を見て、神殿を後にした。

「送っていただきありがとうございます、リアム様」

「いや……。今はこれくらいしかできないからな」

闇夜の蝶がびっしりうごめく空の下、オフィーリアはリアムに送ってもらい学園の寮へと帰って来た。

街では避難勧告が出ており、学園が避難先に指定されている。生徒は部屋から出ないようにと出入り口に手書きで作った即席の看板が設置されていた。

「私たちはすぐ王城へ招集されるだろう」

「はい。わたくしはフリージアの巫女ですから、戦わなければならないことは……わかっています」

わかってはいるが、闇夜の蝶が死んだ人間が捨てた思念から生まれたということを知ってしまった今、そう簡単に受け入れられる問題ではなくなってしまったが……。

思いつめるような顔を見せてしまったからか、リアムがオフィーリアの手を取った。そしてそのまま寮の中へと歩き出す。

「部屋まで送ろう」

「……ありがとうございます」

普段であれば男子禁制の女子寮も、さすがにこの状況でそんなことは言っていられない。

廊下はしんとしているのに、部屋のドアの奥からは浅い呼吸や、すすり泣く声が聞こえてくる。生徒たちはみな、息をひそめて部屋で耐えているのだろう。

その声を聞いたオフィーリアは、自身の手をぐっと握りしめた。

オフィーリアが自室のドアを開けると、涙目になったカリンが飛びついてきた。

「……っ、オフィーリア様～～！　ご無事で……！　よかった!!」

「心配させてしまったわね、カリン」

「いいえ、いいえ……！　オフィーリア様、リアム様、お二人がご無事で何よりです」

安心して腰が抜けてしまったのか、カリンはふらふらになってしまった。それを支えながら、オフィーリアは「カリンは大丈夫だった？」と声をかける。

「はい。わたくしは問題ありません」

「そう、よかったわ」

カリンの返事を聞き、オフィーリアはほっと胸を撫でおろす。

オフィーリアが神殿から王城へ行かず寮へ戻ってきたのには、二つ理由がある。

一つ目が、カリンの安否確認。

二つ目が、学園の状況の確認。

この乙女ゲームの舞台はあくまでも学園なので、もしかしたら何か異変が起きている可能性を考えた。


（でも、杞憂だったみたいね）

今のところ、学園で特筆に値する何かが起こっているようなことはなさそうだ。生徒も予想より混乱しておらず、各自待機することができている。

（一安心……と、思っていい……わけではないわよね）

状況を整理し、早急にフェリクスたちと合流した方がよさそうだ。

「ねえ、カリン。学園はどんな様子だったかしら。フェリクス様とクラウス様、それにエルヴィン様も学園にいたと思うのだけど……」

もしかしたら何か指示が出されているかもしれないと思い、オフィーリアはカリンにそう尋ねた。

「エルヴィン様がまっさきに生徒たちを寮へ誘導してくれました。クラウス様は、指示を出すフェリクス様の補佐をして教師と話をしていました」

最初は阿鼻叫喚だった学園内も、フェリクスの言葉で落ち着きを取り戻したのだとカリンが教えてくれた。

オフィーリアからリアムと街へ買い物に行くと連絡を受けたカリンは、寮で夜の予定を考えているところだった。ベッドメイクや部屋の掃除は既に終わり、あとはオフィーリアが帰ってくるのを待つだけだ。

日中の仕事が終わった後はカリンも自由時間なので、街へ買い物に行ったりすることもある。が、いつも買うものはハーブティーに合いそうなお菓子ばかりだ。

「オフィーリア様はハーブを買いに行かれたようですから、夕食はハーブティーに合うデザートを用意しておきましょう」

厨房の料理人と相談するために部屋を出て一階の食堂へ行くと、ティータイムをしている女子生徒が何人かいた。楽しそうに恋やドレスなどの流行について話している。

（楽しそうですねぇ）

カリンはオフィーリアがフェリクスの話をしてくれたことを思い出す。

キスをされそうになってしまったけれど邪魔が入って悲しかった……など、若干カリンが都合よく解釈しているところもあるけれど。

フェリクスのことを話しているオフィーリアはとっても可愛くて、幸せそうなのだ。

(学園を卒業したらオフィーリア様はフェリクス様と結婚ですね。……寂しくはありますが、わたくしは侍女としてこれからもお仕えできるわけですし、これからも尽くしまくりますよ！)

ふんと鼻息を荒くしたカリンは、いざオフィーリアのために料理人と夕食の相談をと意気込み――突然暗くなった食堂に「え？」と足を止めた。

(明かりが消えた……だけじゃないわよね？)

いったい何事だと周囲を見回すと、お茶をしていた令嬢たちが「いやあああぁ！」と叫んでいる。

「窓、窓の外……空が‼」

「な、なんですの、あれは！」

窓の外――空を見て、カリンは目を見開いた。

(空が、黒く……？)

意味がわからず、ぽかんとすることしかできなかった。こんな現象は、カリンの想像をはるかに超えている。

「……オフィーリア様は大丈夫でしょうか？」

リアムと一緒だとはいえ、街へ出かけているのだ。心配にならないわけがない。

すぐフェリクスに連絡を入れた方がいいだろうか？　そう考えていると、「ひいっ」と令嬢たちの息を呑む声が聞こえた。

「う、う、動いていますわ……！」

「え――？」

令嬢の言葉を聞き、カリンは現状を把握するため窓まで走った。窓を開けて、身を乗り出すようにして空を見上げる。

「動いて……？　あれは、何？　まるで蝶のような――闇夜の蝶⁉」

限界まで目を見開いて気づいたのは、空一面の黒は闇夜の蝶だということだ。

（そんな、嘘……まさかこんなことが……）

どうしたらいいかなんて、わからない。カリンの頭に真っ先に浮かんできたのは、オフィーリアの安否だ。

「すぐオフィーリア様のところへ行かなければ……！」

しかしカリンが走り出すよりも早く、フェリクスの声が響いてきた。

「落ち着くんだ！　闇夜の蝶の出現で混乱しているかもしれないが、すぐに私を始め騎士団が対処にあたる。生徒は速やかに自室へ戻り、じっとしているようにしてくれ!!」

人間、誰かに指示をされたら混乱していても多少は動けるものだ。生徒たちは恐怖に振るえてはいるけれど、足を叱咤し自室へ向かい出した。

（わたくしがここで外へ出ては、命令違反となりオフィーリア様に迷惑をかけてしまいますね）

今は闇夜の蝶に動きはないけれど、下手をすればフェリクスたちの足手まといとなり迷惑をかけてしまう恐れもある。

寮でオフィーリアの帰りを待つほかない。カリンがそう判断すると、周囲を警戒しながらフェリクスがやってきた。

「カリン、オフィは戻ってきているか？」

「まだです……！　リアム様と街のハーブ店に行くという連絡を受けただけです。お戻りになる時間は聞いていませんが、夕食前……夕方にはいつもお戻りになります」

「そうか」

外を見ても空は暗く時間の予想はつかないけれど、時計を見れば十五時を過ぎたところ。きっとまだ街にいるだろう。

「カリンは部屋で待機していてくれ。何かあったらオフィが悲しむから、絶対に出てはいけないよ」

「……はい」

どうやらカリンが考えていたことはお見通しだったようだ。

「オフィがいつ戻ってきてもいいように、迎える準備をしておいてくれ。リアム神官なら、きっと一度オフィを寮に送り届けると思うから」

「わかりました」

フェリクスはカリンに指示をすると、すぐに「クラウス、城へ行くぞ」とその場を後にした。

（フェリクス殿下に頼りきりになるのは申し訳ないですが……どうかご無事で）

この騒ぎでは落ち着いた夕食の準備は難しい。カリンは厨房でパンや野菜などをもらって簡単にサンドイッチを作り、部屋へと戻った。

そして祈るような気持ちで、オフィーリアが戻ってくるのを待ち続けた。

フェリクスとクラウスが王城へ向かった後、エルヴィンは生徒たちの安全を確認してから王城へ向かったのだとカリンが教えてくれた。

「そうだったのね」

みんなの無事を知ることができ、オフィーリアはほっと胸を撫でおろす。

「闇夜の蝶が空一面にびっしり現れたときはこの世の終わりだと思いましたけど、今のところ襲ってくる気配はありません」

襲ってこないことに関しては、神殿でも確認済みだ。だからこそ、オフィーリアとリアムも寮に戻ってこられた。

――が、その分いつ襲いかかってくるのかと考えたら気が気ではないけれどと、カリンが不安そうな顔を見せる。

「オフィーリア様も、闇夜の蝶と戦うのですか……？」

「ええ。フリージアの巫女ということもあるけれど、フェリクス様の婚約者として、この国を愛する貴族として……守りたいの」

もう決めたのだと告げると、カリンがずずっと鼻をすすって強い瞳でオフィーリアのことを見つめた。

――本当は行って欲しくない。安全なところで守られていてほしい。カリンがそう思っていることは、痛いほどわかった。

「……わたくしは、そんな誇り高いオフィーリア様に仕えることができて幸せ者です。オフィーリア様のお帰りをお待ちしております」

そう言って頭を下げたカリンは、肩がわずかに震えている。できることならば、部屋に閉じ込めてしまいたいのだろう。

しかし自分の主（あるじ）――オフィーリアは逃げ隠（にげかく）れするような人間ではないと知っているのだ。

「カリン！　必ず帰ってくるわ。闇夜の蝶も、世界も、絶対に救ってみせるわ！」

「……はい！」

オフィーリアはカリンにぎゅっと抱き着いて、無事戻ることを約束した。

この後は余裕（よゆう）がないかもしれないからと、カリンが用意してくれたサンドイッチを食べたオフィーリアとリアムは、王城へ行くため寮を出た。

御者（ぎょしゃ）の手配ができなかったので、馬車ではなく馬だ。リアムの前にオフィーリアが乗り、街を駆け抜けていく。

街の中は悲鳴に溢れていた。

すぐに逃げられるように荷物をまとめている人が多いのか、怒鳴（どな）り声も聞こえる。このままでは、我さきにと逃げる人同士で争いが起きてしまうかもしれない。

オフィーリアはゆっくり周囲を見回し、闇夜の蝶だけではなく、人間同士もギスギスしていくことに心苦しくなる。

自分がもっとしっかりしていれば、こんなことにはならなかったのではないか――と。

きっとリアムはそんなオフィーリアの心情を察したのだろう。リアムの手がそっとオフィーリアの髪に触れた。

「……別に、オフィがすべてを背負いこむ必要はない。なんなら、私がオフィをさらってしまおうか？」

闇夜の蝶がいない場所があるかはわからないけれど、自分たちを知る人間がいない場所であれば簡単に行くことができる。

「リアム様、そんな冗談を――」

言わないでくれと口にしようとして、ドキリとした。

リアムの瞳がいつになく真剣だったからだ。これは冗談でもなんでもないんだと、オフィーリアにはわかった。そもそも、リアムはこんな冗談は言わない。

（わたくし、リアム様にそう言わせるほど酷い顔をしていたのかしら）

オフィーリアは軽くリアムに寄りかかり、安定するよう馬具にかけていた手を離し――

両手で自分の頬をバシンと叩いた。

「オフィ⁉」

リアムが驚いて声をあげたので、オフィーリアは上半身だけで器用に後ろを振り向いた。

そして笑顔を見せる。

――もう大丈夫だと、自分にも言い聞かせるように。

「わたくしは大丈夫です。心配をかけてごめんなさい、リアム様。わたくしも決めました。絶対に、闇夜の蝶もみんなも助けて……わたくしも幸せになります」

凹(へこ)んでしまうことが多かったけれど、きっとこれは悪役令嬢ルートなのだ。だったら必ず、光さす道もあるはずだ。

第三章　オフィーリアの決意

王城の一室では、闇夜の蝶の対策室が設けられていた。

フェリクス、クラウス、エルヴィンを始め、国王や宰相、騎士団の団長クラスが集まっている。

対策室は、空をびっしり埋め尽くす闇夜の蝶の監視と、街の見張り。それから何かあった際の避難経路の確保や、食料などの在庫管理。もちろん、どのように討伐すればいいかが一番の課題だ。

「これほどの闇夜の蝶は、前代未聞です。確かに昨年から数が増えているという報告は上がっていましたが、ハッキリ言ってこの数は異常ですよ！」

「ああ。だが、こちらにはフリージアの巫女になったオフィーリア嬢がいる。悲観するのはまだ早い」

大臣たちが口々に言うけれど、まったく身にならない話ばかりだとフェリクスはため息をつきたくなる。

（これでは、オフィにすべてを押し付けているみたいではないか）

確かにオフィーリアはフリージアの巫女ではあるが、フェリクスが守りたい大切な女性でもある。

……それを道具のように使われるのは面白くない。

そんな話をしているなか、エルヴィンが話に加わった。

「攻撃してみるほかありません。弓と魔法を使って、闇夜の蝶の反応を見るのがいいと思います」

それで倒すことができれば御の字だ。

（確かに今はそうするしかないか）

エルヴィンの意見にはフェリクスも賛成だ。

まずはできることからやるしかない。闇夜の蝶を倒すことになってしまうが、それよりも国民、ひいてはオフィーリアの身の安全が最優先だ。

しかし、エルヴィンの考えは一蹴された。

「そんな刺激するようなことをして、闇夜の蝶が一斉に襲ってきたらどうするつもりだ！　クレスウェル家の三男に責任が取れるとでもいうのか⁉」

自分の保身しか考えていない男の発言に、いったい誰がこいつをこの部屋に入れたのだと、フェリクスはため息をつきたくなった。いや、ついた。

「……騎士団の調べによると、闇夜の蝶が上空にいるのは王都とそれより少し広い範囲のようです。住民を避難させ次第、攻撃を仕掛けるのがいいでしょう」

「フェリクス殿下！　ですが、それで襲いかかってでもこられたら……」

危険なのでは？　という言葉を、今度はフェリクスが一蹴する。

「ならば、私たちが戦えばいい。それとも、騎士団はその誇りを忘れてしまっているとでもいうのか？」

「まさか！　私たち騎士団は、フェリクス殿下と共にこの命が果てるまで戦います。女神フリージアに誓って！」

声をあげたのは、騎士団長だ。その瞳は凛として強く、かならず闇夜の蝶から国を守るという意思を感じ取ることができた。

フェリクスにエルヴィン、騎士団長らが戦いを表明したことにより、大臣たちも「すべての避難を終えてからだぞ！」と何度も念を押したのちに同意した。

空が闇夜の蝶に覆われた暗いなか、オフィーリアとリアムは王城のすぐ近くまでやって来ていた。あと五分も走らせれば到着するだろう。

「ひとまず無事に辿り着けてよかっ――っ⁉」

オフィーリアがリアムと二人乗りをしている馬上でほっと息をつこうとした瞬間、建物の陰から人が飛びだしてきた。

リアムが慌てて手綱を引き、馬を止める。

「今、国民に構っている暇は――お前は……」

出てきた人物に、リアムはもちろんオフィーリアも目を見開いた。もう二度と会うこともないと思っていたからだ。

可愛らしいローズピンクの髪は、今の状況では希望の光のようにも見える。

「アリシア様⁉　どうして……」

目の前に立っているのは、アリシア・シルクティ。

この乙女ゲーム『Freesia』の元々のヒロインで、フェリクス、リアム、クラウス、エルヴィン全員を攻略して逆ハーレムルートに進もうとしていた強者だ。

パッチリとした水色の瞳。ローズピンクの髪は肩の位置でうち巻きのボブになっている、笑顔がとても可愛い女の子。

白のレースと水色のリボンがあしらわれたワンピースを着ている。

この世界を本当にゲームだと信じ込んでいたので、悪役令嬢のオフィーリアにはストーリー通りだからと酷い仕打ちをしてきた人物だ。

学園からは自主退学したので、その後どうなったか知らなかったのだが……思ったよりも元気そうだ。

オフィーリアと同じ転生者で、ゲームをプレイしていた前世の記憶もある。

腰に手を当て仁王立ちしているアリシアは、オフィーリアに名前を呼ばれると顔をしかめた。まるで睨んでいるようだ。

(え、本当に何⁉ どういうことなの⁉)

ひとまず馬から下りると、アリシアがやってきた。これなら話もしやすい。

「久しぶりね、オフィ」

「え、あ……はい……」

サッパリした彼女の物言いに、思わず目が点になった。どうやら、学園を去った今もふてぶて――強かに生きているようだ。

「あ、リアム様もいる！ お会いできてとっても嬉しいです！」

一瞬で目がハートになって可愛い子ぶるアリシアだが、残念なことに彼女の素はもうリアムにばれているので効きはしない。

「私は別に嬉しくない」

できることなら二度と会いたくなかったとまでリアムは言い切った。

このままでは場の雰囲気が悪くなること間違いなしなので、オフィーリアは社交辞令の笑みを浮かべる。

「ええと、わたくしにご用でしょうか……？」

「ご用でしょうか、じゃないわよ！　空を見なさい！　真っ暗じゃない!!　私からヒロインの座を奪ったのに、なんなのこの体たらくは!!」

「……っ！」

アリシアの怒鳴り声に、オフィーリアは思わず耳を塞ぎたくなる。まさかそれを言うために待ち伏せしていたのだろうか？

「このままじゃ私も死んじゃうじゃない！　早く闇夜の蝶を倒しなさいよ！　怪我だってしたくないのに」

とっととフェリクスたちと闇夜の蝶を倒していればこんなことにはならなかったのにと、アリシアがぎゃあぎゃあ騒ぐ。

確かにアリシアの言うことはもっともなのだが……。

「仕方ないじゃない。闇夜の蝶も救いたかったんだもの」

「闇夜の蝶を救う？」

オフィーリアの言葉に、アリシアがぽかんとした。いつもの可愛らしい顔と違って、なんだか間抜け顔だ。

「も〜、何言ってるのよオフィ！　闇夜の蝶の外見が可愛いからって、それは駄目よ。闇夜の蝶は倒すべき敵！　オーケー？」

「あはは……」

きっとアリシアには何を言っても無駄なので、苦笑するしかない。

（あ……）

ふと、オフィーリアはアリシアが大きなリュックを背負っていることに気づく。

「アリシア様、その荷物……」

「ああ、これ？　もちろん王都から逃げる準備よ！　こんなところにいたら、命がいくつあっても足りないじゃない！　今の私はフリージアの巫女じゃなくなって戦う力も前よりないんだから」

急いで王都から逃げたいのだけれど、その前にオフィーリアに会おうとしてアリシアはここで待ち伏せしていたようだ。

「え、わたくしに別れを言うためにここで待っていてくれたの？」

実は律儀ないい子？　しかしオフィーリアがそう思ったのは一瞬だった。「そんなわけないでしょ！」とアリシアが大声で否定したからだ。

「じゃあなんでこんなところで待っていたんですか……怪我をして泣く前にとっとと王都

から出ていけばいいのに」

「……まさかオフィにそんな言い方をされるとは思わなかったわ」

アリシアがぱちくりと目を瞬かせながらオフィーリアを見てくる。

確かに、普段のオフィーリアは公爵家の娘、フェリクスの婚約者として相応しい立ち居振舞いを心掛けている。周囲も、同じような身分の人ばかりだ。

「アリシア様なら、まあいいかなって……」

「ゆる……」

「アリシア様には言われたくないんですが」

「「…………」」

にっこり微笑んだ二人の間に、しばし沈黙が落ち――しかしすぐアリシアが破った。

「って、私は王都を脱出するところだった！　もう！　これ以上時間はないんだから、ちんたらしないでよね！」

「えぇぇ……」

なんとも理不尽なことを……オフィーリアがげんなりしていると、アリシアは「仕方ない」と言って胸元を指さした。

「餞別代わりに、私が気づいたことを教えてあげるわ。……この数万はいるっぽい闇夜の蝶もなんとかしてもらわないといけないし。言っとくけど、ここが落ちたら世界が終わるんだからね⁉　攻略キャラが揃ってるのに、負けたら承知しないから！」

　絶対の絶対に勝ちなさいと、アリシアが声を荒らげる。

「負けるつもりはありません！」

「……ふん。返事は認めてあげる。いい、耳をかっぽじってよーく聞きなさい」

　アリシアは小さく深呼吸して、オフィーリアの胸元に視線を移す。服越しにではあるが、視線がフリージアの巫女の印に注がれていることはわかる。

「フリージアの巫女の印は、触れたものの魔力を吸収することができるわ」

「え？　魔力を吸収……そんな話、聞いたことがないわ」

「私だってびっくりしたもの」

　ゲームのときは魔力を互いに譲渡するような魔法や道具はなかったけれど、現実となった今はそれが絶対ではないようだ。

　アリシア曰く、自身のフリージアの巫女の印に触れてもらうと、その対象の魔力を取り込むことができるのだという。

「私は実際に取り込んだりしなかったけど、できると思うわ。フリージアの巫女の印だけなのか、それとも類似の魔法陣のようなもの全般に言えるのかはわからないけど」

　その話が本当なら、極端な話、永遠に魔力を補充し続けることができるではないか。

　魔力は使うと減り、回復するためには休息が必要となる。しかし魔力をもらえるなら、いくらでも魔法を使うことができるのだ。

「ま、上手く使って闇夜の蝶をどうにかしてちょうだい。それじゃあ、もう会うこともないでしょうけど」

アリシアは俯いてから、小さな声で言葉を続けた。

「……もっと早く出会ってたら、友達になれたかもしれないわね」

きっとこの声は、オフィーリアにしか聞こえなかっただろう。最後にもれたアリシアの本音に、胸が締め付けられる。

（わたくしも仲良くなるのをすぐにあきらめないで、もっとアリシア様と話をすればよかったのかもしれない）

「アリシア様……」

オフィーリアが呼びかけるも、アリシアからの返事はない。

「…………」

しばしの沈黙のあと、アリシアが顔を上げた。その表情はうっすら涙ぐんでいて、オフィーリアとの別れを惜しんでいるようにも見える。

「さよなら、オフィ」

彼女にしては味気ない、たった四文字の別れの言葉だった。アリシアはそれ以上は何も言わず、すぐ街の門がある方向へ向けて走り出した。

オフィーリアはリアムと一緒（いっしょ）にそれを見送り、どうか無事に……と祈（いの）る。

「まるで嵐（あらし）だな」

「……そうですね」

やれやれと肩をすくめるリアムの言葉に、オフィーリアは同意して笑った。

「かなり時間を使ってしまった。王城へ急ごう」

「ええ！」

しかし再び馬を走らせ王城へ入るより前に、騎士を率いたフェリクスが王城から出てくるのが見えた。白馬に乗り先頭を走り、その横にはクラウスとエルヴィン、後ろには騎士たちが並んでいる。

（わ、圧巻……！）

とても絵になる光景に、オフィーリアは思わず息を呑（の）む。

――空を覆いつくすような闇夜の蝶に、勝てるのだろうか。

いいえ、勝たなければいけない。

「わたくしは、フェリクス様の婚約者……」

そして、次期王妃（おうひ）。

王妃になる者が、国民を見捨てていいわけがない。一番に大切なものを間違えてはいけない。オフィーリアが選ぶべき道は、この国を救うことだ。

「オフィ、すぐに合流しよう」

「はい！」

リアムと二人、オフィーリアはフェリクスの下へ走った。すると、フェリクスが「オフィ！」と名前を呼んで抱きしめてくれた。

「作戦……と言うほどのものではないが、空にいる闇夜の蝶に向かって弓や魔法で攻撃を試みることになった」

攻撃開始は明日以降、人々の避難が終わり次第決行される。

「今は見回りだね。むやみに闇夜の蝶を刺激しないこと。闇夜の蝶がいきなり襲ってこないか警戒するため。ほか、何かあれば臨機応変に対応することになる」

フェリクスの説明を聞き、オフィーリアとリアムは頷く。

「クラウスは作戦を立て、エルヴィンは避難状況の報告……それぞれ大まかだが役割は決まっている」

オフィーリアはフリージアの巫女の力があるので支援と回復。リアムは風魔法を使って補助をし、怪我人が増えるようだったら治癒魔法を使うことになった。

フェリクスは騎士たちを先行させると、周囲を見回してオフィーリアとリアムに小声で話しかけてきた。

「ダークは見かけたか？」

「お兄様……ハーブ店で会いはしましたけれど、そのときはいつもと同じに見えました。闇夜の蝶が空を埋め尽くしたときは神殿にいたので、お兄様の所在はわかりません」

「そうか……」

ドクン、ドクン、と心臓が嫌な音を立てる。

（そうよね、この空にお兄様が無関係かなんてわからないもの）

ただ、オフィーリアはダークのことを信じたかった。闇夜の蝶を救ってくれと言った彼が、こんなことをするだろうか……と。

「見かけていないのならいい。すまないな、私たちも行こう」

「……はい」

フェリクスの言葉にオフィーリア、リアム、クラウス、エルヴィンは頷き、巡回する騎士たちの後に続いた。

街の巡回は問題なく終わり、オフィーリアたちには王城にそれぞれ部屋が用意された。

しばらくはゆっくりすることができる。

オフィーリアに用意されたゲストルームは淡い水色を基調に調えられていて、とても落ち着く雰囲気でしっかり休むことができそうだ。

ソファに座ると、それだけでどっと疲れを感じた。思いのほか、オフィーリアの体は緊張状態で疲れていたようだ。

メイドが用意してくれた紅茶のティーカップを眺めながら、ソファに沈み込んでいく。

身を任せるのが、気持ちいい。

「……ふう」

（このまま寝られそう）

そんなことを考えていると、ふいにノックの音が響いた。

「オフィ、今いいかい？」

「フェリクス様⁉」

慌てて立ち上がり、姿見の前へ走って服の皺などを整え、手櫛で髪をとかす。緊急事態とはいえ、だらしない姿をフェリクスに見せるわけにはいかない。

簡単に準備を整え、オフィーリアはフェリクスを部屋へ迎え入れた。まさか訪ねてきてくれるなんて。

「休んでいるところごめんね。大丈夫？」

「はい」

オフィーリアはフェリクスを招き入れ、部屋に用意してあったポットで紅茶を淹れる。

「ありがとう」

フェリクスはオフィーリアの隣に座ると、紅茶に口をつけて体の力を抜いた。顔に疲れの色が浮かんでいるのがわかる。

（こんなことになっているのだもの、フェリクス様にのしかかる重圧はすさまじいものになっているわよね……）

「本当は今のうちに休んだ方がいいんだけど、どうしてもオフィの顔が見たくてね。だから、少しだけ」

そう言って、フェリクスはオフィーリアの肩に少しだけ甘えるように寄りかかった。さらりとした金色の髪が頰に触れて、くすぐったい。

（うう、フェリクス様の髪……いい匂いがする）

それだけでドキドキが加速してしまう。

すると、フェリクスがオフィーリアの髪に指を絡めてきた。すくい上げるように、自身の口元へ持っていきキスをする。

「ふぇ、フェリクス様⁉」

「ああ……ごめん。オフィの髪は綺麗だから、なんだか触りたくなってしまうんだ。それに、いい匂いがして」

気づいたら無意識で触れてしまうと、そう言われる。

（そんなこと言われたら恥ずかしいです……っ！　というか、フェリクス様も同じことを考えて……!?）

ドッドッドッと心臓が急加速する。

フェリクスの手が伸びて来て、オフィーリアのこめかみ辺りに触れる。そのままおでこをあらわにされて、額に優しいキス。

「……ん。オフィを補充できた」

そう悪戯っぽくフェリクスが笑い、そのまま立ち上がった。

「本当はもう少しいたいんだけど、さすがに一度休んでおかないとね。明日も忙しくなるし、夜中に何か動きがあっても大変だ」

「はい」

フェリクスの言葉に、オフィーリアも気を引き締める。今は闇夜の蝶も動きを見せてはいないが、何が起こるかわからない。

「ゆっくり休んでくださいね、フェリクス様」

「うん。オフィも。何かあれば、すぐ私を呼ぶんだよ？」

「はい」

おやすみと言って、触れるだけのキスをしてフェリクスは自室へ戻っていった。

翌日の夕方、住民の避難がほぼ終わった。

夜は闇夜の蝶に有利なので、戦いは朝日が昇ってから――という話だったのだが、深夜に突然、闇夜の蝶が動き出した。

オフィーリアが制服に着替え対策室へ行くと、すでにフェリクス、リアム、クラウス、エルヴィンが揃っていた。

「フェリクス様、状況はどうなっているのですか⁉」

「どうやら騎士の一人が闇夜の蝶に向かって矢を放ったようだ。それをきっかけに、闇夜の蝶が少しずつ街へ降りて人を襲っていると報告が上がってきた」

今は騎士と兵が全力で対応にあたっているけれど、いつまで持ちこたえられるかは正直わからない。

「オフィ、私たちは五人で動く。絶対に離れ離れにならないよう気をつけてくれ」

「はい……！」

まずしなければならないことは、怪我人の保護だ。

怪我を魔法で治し、その具合を見て街の外へ脱出させるか王城に避難させるかのどちらか判断していく。

（本格的な闇夜の蝶との戦いになる……）

オフィーリアの心臓は嫌な音を立てたが、それに気付かないふりをした。

王城の外へ出ると、人々の叫び声が聞こえてきた。何度も避難をと呼びかけたのに、一定数の人がそれを無視していたようだ。

（嘘、避難してないの⁉　これだと戦いに集中できない……！）

騎士たちは街の人を守りながら闇夜の蝶と戦っている有様で、正直……オフィーリアの目から見ても状況は思わしくない。

オフィーリアがぐっと拳を握りしめると、エルヴィンが「大丈夫だよ」とウィンクしてみせた。

「確かに怖いかもしれないけど、オフィは闇夜のプリンセス候補……闇夜の蝶へ命令することはできるんだろう？　オフィは嫌かもしれないけど、何かあったときは躊躇なくその力を使うんだ」

「私もエルヴィンの意見に賛成だ。絶対に無理だけはしないでくれ、オフィ。ここは戦場だ。何よりも大切にすべきは自身の命だと思ってくれ」

エルヴィンとクラウスの真剣な言葉に、オフィーリアは黙って頷く。

(命令はしたくない……なんて、我が儘を言える状況じゃないことはわかっている)

だが救うと言いながら命令をして闇夜の蝶を縛るなんて、どちらが悪かわからないとオフィーリアは思ってしまう。

闇夜の蝶と対話を試みていたオフィーリアは、正直なところ……闇夜の蝶と戦う意志はまだあやふやなところがある。

(救うことができるとわかっているのに、できないのがもどかしい)

オフィーリアが再び拳を握りしめていると、「大丈夫」とフェリクスが優しく頭を撫でてくれた。

「闇夜の蝶を救いたいというオフィにとっては、辛いと思う。私だって救いたいと思っている。だが……」

状況がそれを許さない。

闇夜の蝶が人を襲っているのに、攻撃せずに救う方法を考えよう！　などと、戦っている騎士たちに言えようか。

オフィーリアはゆっくり首を振り、「わかっています」とフェリクスを見る。

「救いたいと、今でも思っています。けれど、それは国民の犠牲の上にあっていいものではないとも思っています」

「ああ。辛い決断をさせてすまない」

「謝らないでください、フェリクス様。わたくしだって、フェリクス様の婚約者として、フリージアの巫女として……この国を想っていますから」

オフィーリアが決意を語った瞬間、「危ない！」というエルヴィンの声が響いた。

「上位種だ！　俺が先陣を切るから、援護を頼む！」

「水よ、情報を可視化しろ――！」

エルヴィンが剣を構え闇夜の蝶の上位種に向かっていくのと同時に、クラウスが魔法を使って索敵し周囲の状況を把握する。

『キャキャッ、こいツ、強い！』

「そう簡単に俺に勝てると思うなよ！」

エルヴィンが叫び、闇夜の蝶の攻撃を捌いていく。クラウスとの連携も上手くいっているようなので、任せて問題なさそうだ。

（わたくしは、怪我人が出たらその治癒を最優先ね）

大規模な戦いにドッドッドッと心臓が脈打ち、冷たい汗が頬を伝う。このまま、本当に闇夜の蝶を倒してしまっていいのだろうか。そんな懸念(けねん)も湧(わ)き起(お)こる。

そんなとき、ふいに建物の陰でうずくまる闇夜の蝶を見つけてしまった。

「怪我をしてる……？」

ドクンと、ひときわ大きく心臓が音を立てた。

もう一度だけ闇夜の蝶に声をかけてもいいだろうか。そんな考えがオフィーリアの中に生まれる。

闇夜の蝶の方向に、ふらりと足が向く。しかしそのせいで、オフィーリアは横から出てきた闇夜の蝶の上位種に気づかなかった。

「オフィ！　——ッ!!」

「え？」

フェリクスの声が響くのと同時に、体が押されて横に飛ばされる。瓦礫(がれき)に服をひっかけ、右肩の袖口(そでぐち)が破れてしまった。

その反動で倒れこんだが、すぐに体を起こしオフィーリアが見たものは——

「——フェリクス様っ!!」

闇夜の蝶の攻撃からオフィーリアを庇(かば)い、能力の強い上位種のとっさの攻撃を防ぐことができず倒れたフェリクスだった。

フェリクスが攻撃を受けたのは背中で、皮膚が赤くただれているのが破れた服の間から見える。

「フェリクス様⁉」

呼んでも返事がない。上位種の攻撃だったので、かなり強力だったようだ。それは、傷痕からもわかる。

「……っ、いや、いやよ！　フェリクス様！　絶対に死なせたりしないんだから。女神フリージアよ、どうかわたくしの大切な人を助けて――【癒しの祈り】！」

オフィーリアが聖属性の魔法を使うと、フェリクスの傷のあたりが淡く輝き癒えていく。

ああ、よかったとほっと胸を撫でおろすも……フェリクスの意識は戻らない。

「フェリクス様⁉　嘘、どうして⁉　こんなこと、今までなかったのに……！」

フリージアの巫女の使う聖属性魔法【癒しの祈り】は、今まで闇夜の蝶の瘴気に当てられた人でも治療できていた。

たとえすぐに起き上がることができなかったとしても、フェリクスほどの強さがあれば多少の反応くらいはあっていいはずだ。

このままフェリクスが死んでしまうのではという不安に襲われる。

誰かに助けを……そう思い視線を巡らせるも、エルヴィンとクラウスは闇夜の蝶と対峙していてこちらに来るのは難しそうだ。

リアムも闇夜の蝶の上位種が出現したせいで、こちらに来られないでいる。

(駄目、みんな手一杯だわ)

不安でじわりと熱くなった目元を擦り、オフィーリアは自身に喝を入れるため頭を振る。

こんなところで止まってはいけない。


「泣いてるんじゃねえよ、まったく」


「――！　お兄様!?」

突然現れたダークは、フェリクスの腕を掴みその体を持ち上げて歩き始めた。

いったいどうするつもりかとオフィーリアは焦ったが、意外にもすぐ近くの雑貨店の軒下にあったベンチに寝かせてくれた。

「あ……ありがとうございます。お兄様」

「いいさ、これくらい。こいつが目覚めないのは、闇夜の蝶のもやにあてられすぎたせいだ。時間はかかるかもしれないが、回復するはずだ」

ダークの言葉を聞き、オフィーリアは長い息をついた。

(よかったぁ……)

このまま状況がわからなかったら、自分の心臓が止まっていたかもしれない。

ホッとしたのも束の間。周囲を見回すと、阿鼻叫喚が耳に届く。

騎士は必死に戦い、力のない人は逃げ惑う。リアムが防御魔法を使ってはいるけれど、とてもではないが闇夜の蝶の数が多くて間に合わない。

さらに、闇夜の蝶が集まり上位種へと進化を遂げている。これでは、倒したとしても切りがないだろうし——そもそも上位種を倒せる人間がどれだけいるだろうか。

「今の状況は、なんなんですか？　多くの人が闇夜の蝶によって傷ついています。どうしてこんなことに……」

オフィーリアはぐっと拳を握りしめて、ダークを見る。

「今はちょうど、闇夜の蝶が活性化する時期なんだ。なぜ今かと言われたら、それは俺にもわからないが……」

「——！」

（それ、ゲームの設定だわ）

千年に一度の周期で闇夜の蝶は活性化し、その数が増える。今がその時期だというのは、ゲームに出てきたのでオフィーリアは知っている。

（それじゃあ、どうしようもないじゃない）

ゲームの設定の千年に一度の闇夜の蝶の活性化は、誰かにどうこうできる代物ではない。

もちろん、ダークにも。

起こったことに関しては、もう仕方がない。

（だったら――）

「お兄様、どうかこの状況を止めさせて！」

「無理だ。いや、俺だけの力ではもう闇夜の蝶の暴走は止められない」

「……っ！」

オフィーリアが『命令』すれば闇夜の蝶は引いてくれるかもしれない。が、それでは根本的な解決にはならない。

――きっとまた、同じ状況になってしまうから。

オフィーリアはベンチの前で膝をつき、横たわるフェリクスの髪を優しく撫でる。そしてゆっくり顔を近づけて……その唇にキスをした。

「……なんの相談もなしに決めてしまってごめんなさい、フェリクス様。わたくしにしかできないやり方で、この国を守りたいと思います」

オフィーリアは立ち上がると、後ろで待っていたダークを見る。

「――わたくし、闇夜のプリンセスになるわ」

決意を秘めたオフィーリアの瞳は、いっさいゆらぐことがない。

一歩、一歩、また一歩と……オフィーリアの足はダークの下へ向かう。近づくにつれて、右腕の闇夜のプリンセスの蕾だった印が——花開いていく。

「ああ、オフィ……お前はなんて、なんて美しいんだ」

月は闇夜の蝶たちが隠してしまい、あるのは街灯などのわずかな明かりだけだ。たったそれだけなのに、今まで見たどんな人よりも気高いとダークは思う。

——ひれ伏してしまいたい。

そんな風に考えてしまうほど。

ダークもオフィーリアの下へ足を動かし、その手を取った。夜の寒さに冷えたオフィーリアの手に、思わずぞくりとする。

「お前が選んだんだ。泣いて嫌がっても、もう後戻りはさせないぞ」

「わかっているわ。フェリクス様の妃にはもうなれないけれど、ここで国民を見捨てたら——それこそ、わたくしはフェリクス様に相応しくないもの」

泣きわめいてフェリクスに助けを求めるような、そんな弱い女にはなりたくない。胸を張って、自分のすべきことをしたと言いたい。

（わたくしの目標は『悪役令嬢でも幸せになる！』だったけれど……ここで引いたら、絶対に後悔するし、幸せにはなれないわ）

とは言いつつも、オフィーリアは幸せになることをあきらめてなんていない。幸せの形は、何も結婚だけではない。

(すべてが終わったあと、フェリクス様と話をしよう。私は闇夜のプリンセスとしてこの地を陰から守るから、あなたは王としてこの国を守ってと——)

オフィーリアはゆっくり深呼吸を繰り返し、ダークを見る。すると、ダークも同じようにオフィーリアのことを見た。紫色の瞳に、吸い込まれてしまいそうだ。

「闇夜の蝶を統べる王——闇夜のプリンスの伴侶として、俺はオフィーリアを選ぶ。誇り高く気高い姫よ、さあ、その証のキスを」

「わたくしは闇夜のプリンスの伴侶となり——闇夜のプリンセスになるわ」

返事をしたオフィーリアはダークの手を取り、その指先に口づけをおくる。すると指先に黒い光が浮かび上がり、オフィーリアに移っていく。

そして全身に巡った黒の光はオフィーリアの右肩に集まり、闇夜のプリンセスの印であるフリージアの印を咲かせる。

それは黒い、闇色のフリージアの花だった。

「蕾だった印の花が咲いたわ……!」

オフィーリアが驚いてダークを見ると、「そうだな」とどこか不機嫌そうな返事をされた。気持ち頬が膨らんでいるようにも見える。

「普通、キスって言ったらここだろう？」

そう言って自分の唇を指さすダークに、オフィーリアはぷいっと顔を背ける。

闇夜のプリンセスになるため伴侶になったが、さすがに恋人のまねごとをするつもりはない。

「まったく。じゃじゃ馬プリンセスめ」

「お兄様に言われたくありません！　――っと、こんなやりとりをしている場合じゃないわ！　すぐ闇夜の蝶を浄化しないと」

オフィーリアが周囲を見回すと、騎士たちが空から下りてきた闇夜の蝶と戦っている。

その近くには、ベンチで横になっているフェリクスの姿もある。

（絶対にフェリクス様を死なせはしない！　この国だって、闇夜の蝶に滅ぼされるわけにはいかないもの）

オフィーリアは大きく息を吸い込んで、空を見る。そして腹の底から声を出すように闇夜の蝶へ叫んだ。

「闇夜の蝶たち！　わたくしが導くから、今すぐ人を攻撃するのは止めなさい!!」

『キャキャ、あいツがまたナニか――？』

『……？』

闇夜の蝶に、変化が起きた。

いつもは文句ばかりが返ってくるのに、みんな不思議そうにしている。蝶の羽をパタパタとゆっくり動かし、オフィーリアの下まで飛んできた。

『プリンスに、プリンセス……？』

「ええ。わたくしは闇夜のプリンセスよ」

オフィーリアが問いかけにハッキリ応えると、闇夜の蝶は驚きながらもその顔に笑みを浮かべた。

いつもの嘲笑うようなものではなく、心のそこから感情が動いたような笑顔だ。

（闇夜の蝶はこんな顔もできるのね）

死して闇夜の蝶になる人々が心から安心でき、身を任せることができる存在。それが闇夜のプリンスと闇夜のプリンセスだ。

オフィーリアがそっと指を差し出すと、そこに闇夜の蝶が舞い降りた。警戒している様子は微塵も感じられない。

「欲深いかもしれないけれど、わたくしはすべての闇夜の蝶を救ってみせる」

だからもう大丈夫だと、オフィーリアは微笑む。

「痛く苦しくもがく蝶よ。その声は、わたくしに託しなさい。【魂の浄化】！」

すると、オフィーリアの指先にいた闇夜の蝶の羽が抜け落ちて、闇夜に輝く真っ白な翼へとその姿を変えた。

頭にはフリージアの花が咲き、まるで天使のようだ。

「よかった。無事に浄化できたのね」

『アリ、が、と……う……』

闇夜の蝶だったものは、黒の髪と瞳が生前のものへと戻り、そのまま天へ昇って行った。きっと穏やかに眠ってくれるだろう。

お礼を言われたことに胸がじんわり熱くなって、オフィーリアは涙ぐみそうになる。しかし頭を振って、泣くのは後だと自分に言い聞かせる。

「わたくしは、闇夜の蝶をすべて救う！　――【魂の浄化】！」

オフィーリアが魔法を使うと、今度は周囲にいた数匹の闇夜の蝶が浄化され天に還った。

（やると意気込んだはいいものの……どれくらいかかるか、わからないわね）

空にびっしりいる闇夜の蝶は、軽く万を超えている。いくら闇夜のプリンセスになったとはいえ、限界はあるだろう。

けれどオフィーリアに気づいていない闇夜の蝶たちは攻撃を続けているので、ちんたらしているわけにもいかない。

「倒れたって、やってみせるわ……！」

オフィーリアが何度も【魂の浄化】を繰り返す様子を、ダークはただ黙って見ていた。

なぜなら、ダークには浄化の力がないからだ。

（何もできないことが、こんなにももどかしいなんてな……）

ギリッと唇を噛みしめ、ダークは周囲を見回す。

離れたところにいる闇夜の蝶は未だに戦っているが、目視できる範囲にいる闇夜の蝶は戦うことをやめてオフィーリアの周囲に集まってきている。

戦っていた騎士たちは茫然とその様子を見ている。

（騎士には、オフィはどう映ってるんだろうな）

闇夜の蝶を倒さずに救っているフリージアの巫女。それとも、闇夜の蝶を操るナニカだとでも思っているのだろうか。

どちらにせよ、ダークにとって面白い物ではない。オフィーリアは自分の伴侶になったのだ、崇めるような目を向けるなと叫んでやりたいくらいだ。

（伴侶……って言っても、形だけだけどな）

ダークはオフィーリアを想ってはいるけれど、オフィーリアの心がフェリクスにしか向いていないことなんて百も承知だ。それでもオフィーリアの性格を考えると、一度交わした伴侶の契約を反故することはないだろう。

「それどころか、俺を愛する努力をしてきそうだな」

オフィーリアは変なところで律儀だとダークは思っている。

王都の闇夜の蝶を浄化し終わったら、ダークとの約束なんて破ってしまえばいいのだ。そうすれば大好きなフェリクスと一緒になれるのに。

(でも、それをしないオフィだから……俺は惹かれて、恋に——落ちたんだろうなぁ)

ハーブティーを淹れてもらうという約束は、オフィーリアに会う口実に過ぎなかったのだろうと今更ながらにダークは思う。

「…………」

ダークはそれ以上の思考を切り上げて、オフィーリアを見る。

「にしても、本当にすべての闇夜の蝶を浄化するつもりか?」

時間や魔力がいくらあっても足りそうにない。このままではオフィーリアが倒れ、闇夜の蝶が再び人間を攻撃することになるだろう。

「別に俺は人間がどうなろうとしったこっちゃねえけど……オフィは悲しむだろうからな」

仕方ない。ダークはそう判断して、【魂の浄化】を使い続けるオフィーリアの下へ行った。

「はぁ、はぁ……【魂の浄化】！」

オフィーリアが魔法を使うと、数匹の闇夜の蝶が真っ白な翼で天へと還る。一体それを何度繰り返しただろうか。オフィーリアの呼吸は乱れ、立ち眩みに襲われる。

（いったいあとどれだけの闇夜の蝶がいるの？）

そう思い周囲を見回すが、闇夜の蝶の数は浄化を始めてから減っているようには見えない。それだけ元々の数が多かったのだ。

「……絶対に助けると決めたもの。悪役令嬢の意地を、舐めないで頂戴。――【魂の浄化】、っ！」

しかし魔法を使った次の瞬間、オフィーリアはどっと倦怠感に襲われる。頭がくらくらして、立っていることができない。

（これが、わたくしの限界!?）

まったく、ほとんど、ほんの少ししか闇夜の蝶を救えていないのに。

「いきなり飛ばしすぎだ、オフィ」

「……ダーク、お兄様？」

倒れそうなオフィーリアの体を、ダークが支えてくれた。

その瞳はオフィーリア自身のことを心配していて、今まであまり見ることのないダークだとオフィーリアは笑う。

「お前ね、笑ってる場合じゃないだろう?」

「ごめんなさい。お兄様が真剣に心配してくれているのが、なんだか不思議で」

オフィーリアの言葉に、ダークはやれやれと肩をすくめた。

「闇夜の蝶を救うのはいいが、自分のことを一番に考えろ。じゃないと、離婚するぞ」

「離婚!?」

ダークから飛び出た思いがけない言葉に、オフィーリアはぎょっと目を見開いた。今離婚なんてされたら、この国どころか闇夜の蝶だって救うことができない。

「駄目です! 離婚はそんな簡単にしていいものじゃありません!!」

「ずっと伴侶にならないで自分の力で闇夜の蝶と会話すると言い張ってたくせに、よく言う……」

ダークはやれやれと思っているが、その表情は嬉しそうだ。

「とりあえず今は休め。オフィが倒れたら、蝶たちはまた攻撃を再開するだろうよ」

「えぇっ!? それは困るわ!」

自分が倒れたら闇夜の蝶がどう行動するかなんて、まったく考えていなかった。倒れる前に助けてくれたダークに感謝だ。

「俺が膝枕(ひざまくら)してやるし、なんなら口移しで魔力を分けてやってもいいぞ？　なんてったって、夫婦(ふうふ)だからな」

「！　そんなの――」

「オフィは私の婚約者だ。勝手に触れるな、ダーク」

　ぐいっとものすごい勢いで、オフィーリアは腕を引っ張られた。そのまま抱きしめられて、身動きが取れなくなる。

　同時に、じわりと涙が浮かびそうになった。

「……っ、フェリクス様っ！　よかった、意識が……！」

「ごめん。私が不甲斐(ふがい)ないばかりに、オフィに迷惑(めいわく)をかけた」

「そんなことありません！　フェリクス様が前線で剣を振るうから、騎士たちは続くことができるのです……！」

　誰にでもできることではない、とても立派なことだとオフィーリアは主張する。――が、フェリクスはにっこり笑った。

　そしてオフィーリアの右腕に咲く闇夜の巫女の花に触れる。

「この腕を見てしまったら、自分がどうしようもなく不甲斐ないことはよくわかる」

「……っ！　これは、その、ええと……わたくしも国を守りたくて、ですね……」

先ほどまでの威勢のいい姿とは違い、オフィーリアの声はどんどん小さくなっていく。まるで悪戯がばれた子どものようだ。

「ああ、ごめん。オフィを追い詰めたいわけじゃないんだ。私がもっとしっかりしていれば、こんなことにはならなかったのに」

ぎゅうと、オフィーリアを抱きしめるフェリクスの腕に力がこもった。

「……おい。俺をのけ者にして二人の世界に入るんじゃない」

「「あ」」

ダークの声を聞いて、現実に戻る。

「二人揃って俺の存在を忘れてたのか。いい度胸だな？　お前ら」

「別にそういうわけじゃないのよ！　フェリクス様が無事と知って、頭の中がフェリクス様でいっぱいになっちゃったんだもの！」

「……っ、お前、地味にダメージを食らわせようとしてくるのな」

オフィーリアの言葉に傷ついたダークは、舌打ちして地面に落ちている小石を蹴った。それは近くの建物の柱に当たって、カツン！　という大きな音を立てた。

すると、視界にいなかった闇夜の蝶たちも、その音を聞きつけて集まってきた。

「な……っ、お兄様！　どうしてこんなことを……！」

「あーあー、まったく面白くねえ。オフィを闇夜のプリンセスにしちまえばすべて俺のもんだと思ったのに、つまんねぇ」

せっかくオフィーリアを自分の物にしたというのに、満足感は全然得られてなく、むしろ虚しさばかりが大きくなるではないか。

「フェリクス！　自分のすべてを捨ててもオフィを守る覚悟はあるか？」

「当然だ！」

即答したフェリクスを、さらにダークは面白くなさそうな目で見る。オフィーリアもフェリクスも、互いのためなら簡単に自分を犠牲にするのだ。

「……オフィの腕にある闇夜のプリンセスの印。そこに俺を上回る魔力を注げば、プリンセスの印はなくなる」

「ダーク、お前……」

「別にお前のために教えるわけじゃない。こんな形でオフィを手に入れても嬉しくないから、俺に惚れさせてから伴侶にするんだ」

油断していられるのも今のうちだけだと、ダークが吠える。

「……肝に銘じておくよ」

そう言って、フェリクスは微笑んだ。

フェリクスが闇夜のプリンセスの印を上書きしようとすると、オフィーリアから待ったがかかった。

「オフィ？」

「いえ、あの、駄目です。わたくしが闇夜のプリンセスでなくなったら、闇夜の蝶を救えませんし、なにより闇夜の蝶がまた人々を襲い始めます」

だからダークとフェリクスの提案は受け入れられないのだと、オフィーリアは突っぱねる。

「そうだね。確かに国のためにはオフィが闇夜の蝶たちを浄化するのが一番いいのかもしれない」

「ですよ――」

「だけどね、オフィ。私は自分の妻を差し出して国を救うことが、いい方法だとは思えないんだ。もし私が死ねば国が助かると言われたら、オフィは私を殺すかい？」

「……っ！　そ、そんなこと！　できるわけ……が……」

できるわけがない。

誰よりも大好きなフェリクスを犠牲にしてまで生きていたいなどとは、オフィーリアも思わない。だったら、一緒に死んでくれと言われた方がどんなにいいか。

（あ——……。そうか、フェリクス様も同じ気持ちだったんだ）

確かにオフィーリアのみんなを助けたいという気持ちは美談だけれど、それはすべての人にとっての美談ではない。

「二人で一緒に闇夜の蝶を救おう？」

「——はい」

微笑んだフェリクスに、オフィーリアは何も考えずに頷いた。ただただ、フェリクスと一緒ならばそれも可能だと思ったのだ。

しかしフェリクスが困ったように動きを止めた。

「格好良いことを言ったわけだけど……闇夜のプリンセスの印のところに、ダークより上回る魔力なんてどうやれば……」

魔力の譲渡になるのか？　とフェリクスが悩んでいる。確かに、魔法をそんな風に使うことはないので知らなくても無理はないだろう。

（私もつい昨日まで知らなかったものね）

必要になるのかわからなかったけれど、こうもドンピシャな知識だとは思わなかった。オフィーリアは、アリシアに教えてもらったことをフェリクスに伝える。

「わたくしの印に触れていれば、相手の魔力を……その、言い方は悪いかもしれませんが、吸い取っていくのだそうです」

その吸い取った魔力がダークのものを超えれば、闇夜のプリンセスの印に何か変化が起こるのだろう。

「なるほど……。私のありったけの魔力を、オフィに」

フェリクスがそう言って闇夜のプリンセスの印に口づけた。すると、フェリクスの熱い火属性の魔力が体の中に流れ込んできた。

その熱さに、くらくら眩暈（めまい）がしてしまいそうだ。まるでダークの支配下から無理やり自分の支配下に置くような、そんな激しさを感じる。

「ん……っ！」

オフィーリアが声をあげた瞬間、胸元がぱっと光った。

胸元にあったフリージアの巫女の印が、その色を変え始めたのだ。光り輝いていた印は、どんどん深みを増していき——オフィーリアの髪色と同じ深いコバルトブルーへとその色を変えていく。

「力が、混ざり合ってる……わたくしと、フェリクス様の……っ、はっ」

呼吸が苦しい。

でも、頭はとてもハッキリしている。

（今なら、フェリクス様と魔力で繋（つな）がってる今なら——空の闇夜の蝶すべてに魔法が届くかもしれない）

自分の中に新たな力が目覚めるのがわかる。

胸元のフリージアの巫女の印は、もう半分以上が色を変えた。腕の闇夜のプリンセスの印は、逆にその色を失いつつある。

（たぶん、チャンスは今しかない）

「フェリクス様。そのまま聞いてください」

腕に口づけているため喋（しゃべ）ることのできないフェリクスに、オフィーリアは考えたことを一方的に告げていく。

「今なら、わたくしとフェリクス様の魔力を使って浄化を行うことができそうです。だから、私と一緒に祈ってください」

（今度は自分勝手じゃないわ）

自分のことも、フェリクスのことも、闇夜の蝶のことも、国のことも、すべてのことをちゃんと考えている。

フェリクスは闇夜のプリンセスの印に口づけをしたまま、頷いてくれた。それを確認（かくにん）してすぐ、オフィーリアは力強い言葉を告げる。

「炎（ほのお）よ！」

　フェリクスが魔法を使うときに口にする詠唱だ。このあと魔法の種類によって言葉を変えていくのだが……ここからはオフィーリアのアレンジだ。

「大きな炎はその火種を数十、数百、数千、数万とわけ多くの火種の素を作る。痛く苦しくもがく蝶よ。その祈りを、わたくしに託しなさい！【生命の浄化】」

　オフィーリアの声を合図に、無数に出現した炎が街中にどっと飛んでいく。それが闇夜の蝶の近くで弾けると、【魂の浄化】と同じ効果が出た。

「──すごい。これがフェリクス様の魔法の力」

　周囲はキラキラ輝いて、闇夜の蝶が天へ還ることを祝福しているかのよう──いや、本当に祝福しているのだろうとオフィーリアは思う。

　闇夜の蝶と、その頭上に咲いたフリージアの花。無数の花はまるで導のようだと、オフィーリアは思う。

「……闇夜の蝶も、あんな顔をするんだね」

　フェリクスは幸せそうに微笑む闇夜の蝶を見て、悲しそうな表情を見せた。

　今まで自分たちが戦っていた相手を、もっと早く救えていたら──そんな風に考えてしまったのかもしれない。

戦っていた騎士たちも、浄化されていく闇夜の蝶を見てなんともいえない顔をしている。

それぞれ、思うところがあったのかもしれない。

「これで一段落──か」

リアム、クラウス、エルヴィンの三人も安堵の息をはいて剣を納めた。

──闇夜の蝶の安らかな表情は、きっと忘れることはないだろう。

第四章　花より甘い愛の言葉

王都の上空から闇夜の蝶が消えて十日。どうにか落ち着きを取り戻し、壊れた建物の修繕なども進んでいる。

幸いなことに学園はほぼ無傷だったので、オフィーリアたち学生は寮の自室で過ごしているのだが……フェリクスとクラウスだけは、復興の手伝いで王城に缶詰め状態だ。

オフィーリアがすることは、フリージアの巫女として神殿でお祈りすることと、街の様子を見て回り、人々に声をかけることだ。

そしてもう一つ――

「オフィ、ハーブティーおかわり」

――義兄であるダークがめちゃくちゃオフィーリアの自室に入り浸っているのだ。

本来であれば異性の立ち入りは禁止されているのだが、闇夜の蝶の襲来などがあったため、家族に限り申請すれば許可されることとなった。

「……はい」

オフィーリアはため息をつきつつも、ダークにハーブティーのおかわりを用意する。闇夜のプリンセスとなったのに、すぐにそれを解消してしまったため、オフィーリアはダークに頭が上がらないのだ。

(最初は敵かと思ったけど、なんだかんだ根は優しいのよね……)

ダークとの出会いなどを思い出しながら、オフィーリアはふふっと笑う。

「レモングラスです。……それにしても、お兄様はわたくしのところにばかり来て暇なんですか？」

「……はあぁ。俺はお前を口説きにきてるんだよ！」

「えぇぇえっ⁉」

まったく予想していなかったダークの言葉に、オフィーリアは驚きを隠せない。カリンが聞いたら大変なので、お使いに出ているときでよかった。

「はあぁ。恋愛に関してはとんだおこちゃまだな。気づいてさえいないなんて。これじゃあ、フェリクスも苦労しそうだ」

「ちょ、好き勝手言わないでちょうだい！」

「事実なんだからいいじゃねえか」

よくない！　と反論したいところだが、確かに事実ではあるので強く言い返せずにうぐぐと睨みつける。

「ハハハ。まったく可愛い女だよ、オフィは」

投げやりに可愛いと言ったあと、ダークは「そうそう」と自身の隣に置いてあったものをテーブルの上に載せた。布がかぶせてあり、高さは四十センチほどある。

「なんですか？」

「俺と一緒だと大人しいから、連れてきたんだ」

「？」

ダークが布を外すと、そこにあったのは鳥籠だった。

しかし、ただの鳥籠ではない。鳥の代わりに、闇夜の蝶が入っていたからだ。闇夜の蝶は鳥がとまる木の棒の部分に座ってうとうとしている。

「ちょ、お兄様これ……！」

『ン……？　なニ？』

オフィーリアの声で起きてしまったらしい闇夜の蝶は、目をぱちくりさせている。そしてすぐダークを見て、『どうイうツモリ⁉』と声を荒らげた。

「まあ落ち着けって。オフィがフェリクスと力を合わせて浄化して以降、闇夜の蝶の出現は劇的に減ってる。……がゼロになったわけじゃない」

闇夜の蝶はまだ存在しているし、いなくなることはないだろうとダークは言う。

「俺が闇夜の蝶を見つけてくるから、オフィが救ってくれないか？」

「え……？」

ダークの言葉に、オフィーリアは目を見開いた。まさかそんな提案が出てくるなんて、申し訳ないが思ってもみなかった。

（お兄様が闇夜の蝶を見つけたら、わたくしのところに連れて来てくれる……っていうことよね？）

こんなに嬉しい申し出、ほかにない。

「もちろんです！　わたくしはもう闇夜のプリンセスではないけれど、闇夜の蝶を救いたいという気持ちは変わっていませんから。どうかお手伝いさせてください」

オフィーリアが快諾すると、ダークも嬉しそうに目を細めた。

『ちょっト、どうイうコと⁉』

なんのことだかわかっていない闇夜の蝶は、ダークに食って掛かる。ダークは「大丈夫だ」と言って鳥籠を開けると、闇夜の蝶を外へ出した。

「怖いことは何もないんだ。お前たちだって、幸せになれる」

『シアワセ……』

闇夜の蝶は言葉を繰り返してから、そんなの信じられないというように顔を背けてしまった。やはり闇夜の蝶と会話するのは大変みたいだ。

「嫌だったら途中でやめるから、わたくしに任せてくれないかしら？」

『なんデ私が人間ニそんなこト！』

闇夜の蝶は『イヤ！』とはっきり主張した。しかしそれではずっとドロドロした感情を持っているだけで、苦しいはずだ。

「大丈夫よ。ダークお兄様もわたくしも、あなたたちが大好きよ」

それでも睨んでくる闇夜の蝶に、オフィーリアはどうしたものかと考える。ちょっとでも機嫌をよくしてくれたらいいのだが……。

（あ、そうだわ）

確かあれがあったはずと、オフィーリアは棚から包みを持ってきて開ける。そこに入っていたのは、以前闇夜の蝶にあげようと思っていた砂糖菓子だ。

あのときは結局あげることができなかったので、今もらってもらえたらとても嬉しい。

「これ、甘いお菓子なの。食べたら気持ちも落ち着くと思うわ」

『………』

闇夜の蝶はじ～っと砂糖菓子を見る。手を伸ばしてはこないけれど、どうやら興味はもってくれたようだ。

オフィーリアが手のひらに載せたまま闇夜の蝶と見つめ合っていると、ダークがひょいっと砂糖菓子をつまんで食べた。

「お、美味いな」

「お兄様じゃなくて、闇夜の蝶にあげようとしていたんですが……」

「たくさんあるんだから、一個くらいいいだろう？」

ケチケチするなとダークが言う。

「まあ、いいですけど……」

ほしいならほしいと言えばいいのにと、オフィーリアは苦笑する。

すると、ダークが食べたからか、闇夜の蝶もオフィーリアの手から砂糖菓子を取って食べてくれた。

『甘イ』

（食べてくれた……！）

「美味しいでしょう？　しかも見た目が可愛いの！」

闇夜の蝶が食べた砂糖菓子は、花の形をしているものだ。ピンクで作られていて、とても温かみがある。

ぺろりと食べた闇夜の蝶は、ちらりとオフィーリアを見た。

『……イヤだったラ、すグやめるカラ！』

「！　ええ、もちろんよ」

砂糖菓子を気に入って、少し心を許してくれたようだ。

ひとまず了承を得ることができて、オフィーリアはほっと胸を撫でおろす。もし嫌だと途中でストップがかかってしまったら、そのときはまた別の方法を考えよう。

オフィーリアはゆっくり深呼吸して、精神統一する。魔法はまだまだ苦手な部類なので、使うときは緊張してしまうのだ。

（それに、今はフェリクス様もいない）

最後に闇夜の蝶を浄化したときはフェリクスと一緒だった。そのため、一人でも上手くできるだろうかという不安があった。

（大丈夫、わたくしならできるわ）

口を開くと、意識せずに祈りの言葉が頭に浮かんだ。

「――女神フリージアよ。その慈悲に、闇に落ちた無垢な魂の導きを願う」

オフィーリアから淡い光が溢れ出すと、闇夜の蝶の目から一粒の涙がこぼれた。それにはオフィーリアだけではなく、ダークも驚いた。

「こいつらが泣いたところなんて、見たいことがないぞ」

「ええ……」

まだ魔法は完全に使っていない。闇夜の蝶の反応を見てから、この先を進めるか決めようと思ったからだ。

『アタタカい。ねェ、プリンス……これガ、シアワセ？』

溢れ出る光を集めるように手を動かす闇夜の蝶に、オフィーリアとダークは頷いた。この温かい光は、人の温かさだ。ずっと闇夜の蝶に足りなかったものでもある。

『おネガイ。私、眠れソウヨ』

「ええ。もちろんよ。闇夜の蝶に安らかな眠りを――【生命の浄化】」

オフィーリアが魔法を使うと、闇夜の蝶が嬉しそうに微笑む。その表情は安心した子どものようだ。

『ありがトウ、これからモ……ずっと一緒ニいるわ』

闇夜の蝶はそう言って消えると、天使の姿ではなく青のフリージアの花になった。これまでと違う現象に、オフィーリアは戸惑う。

「え……？　どうして花に……」

ダークなら理由を知っているだろうか。オフィーリアがダークを見ると、青のフリージアに触れて嬉しそうな笑みを浮かべていた。

「言ったろう？　ずっと一緒にいる、って。こいつは天に還ることより、あったかいオフィの側にいたいと願ったんだ」

今更ではあるけれど、闇夜の蝶と会話をしたいという願いが叶ったなとダークが言う。

「……そうですね。この子の期待に応えられるよう、精一杯頑張ってみようと思います」

まずは鉢植えを用意して大切に育てるところから始めよう。これからの未来が、オフィーリアはとても楽しみになった。

「私が不在にしている間に、そんなことがあったのか……」

フェリクスは頭を抱えて書類だらけの執務机に突っ伏した。まさかオフィーリアからそんな報告を聞く羽目になるとは。

今日はオフィーリアがフェリクスの様子を見に尋ねて来てくれた。

闇夜の蝶の事件以降のことを聞いたのだが……まさかダークが闇夜の蝶を連れて入り浸っていたなんて。

(間違いなく、ダークが闇夜の蝶を集めてくるというのはオフィに会うための口実だ)

しかし闇夜の蝶案件なのでこちらから断るわけにはいかない。なんとも上手いところを突いてくる。

もしダークが特に理由なくオフィーリアの周りにいたのなら、フェリクスが絶対に近づけさせなかっただろう。

（って、もうすでに近づかれた後か……。いや、ここのところ王城で働き詰めで、全然オフィに時間を取れなかった私がいけないいな）

フェリクスが机に突っ伏したままどんよりしていると、髪に優しい感触がした。顔を上げると、心配そうな顔でオフィーリアが自分の頭を撫でている。

「忙しいのに来てしまってすみません。……ですが、ちゃんと休めていますか？　倒れてからでは遅いので、心配です」

「ああ、すまない。ちゃんと睡眠も休憩もとっているよ」

目の下に隈ができてしまっているので、あまり説得力はないかもしれないが……。フェリクスが苦笑すると、オフィーリアが「レモンゼリーをお持ちしたんです」と手にしていたカゴを見せた。

「本当？　オフィが来てくれただけで十分嬉しいのに、私の好物まで差し入れてくれるなんて」

今すぐ抱きしめてしまいたい。――が、それをできない理由がある。

「ではお茶にしましょうか。三人で」

フェリクスと同じように目の下に隈のあるクラウスが、そう言ってにこりと微笑んだ。

室内ばかりにいては息が詰まってしまうからと、場所を移して庭園へとやってきた。

庭園は普段であれば色とりどりの花が咲いていて美しいのだが、今は闇夜の蝶との戦いのせいで花壇が崩れてしまっていて復旧作業中のためあまり咲いていない。

作業をしている人たちの声がひっきりなしに聞こえてきて、みんな頑張っているのだということがわかる。

今度、何か差し入れをしよう。オフィーリアはそんなことを考えながら、庭園に用意された席へ着いた。

今日のハーブは、ローズマリーだ。

香りが強くスパイシーなハーブだけれど、気分転換したいときにいいと言われている。

口の中に風味が強く残るため、オフィーリアはフェリクスとクラウスに蜂蜜を入れることを勧める。

「蜂蜜は体にもいいですからね」

特に喉の調子が悪いときなどは、オフィーリアもよくお世話になっているのだ。

ローズマリーティーは薄いオレンジ色で、蜂蜜を入れることにより色合いが黄色がかって美しくなる。

「ん～、いい香り」

やはり疲れているときはハーブティーに限る。

（って！　わたくしが楽しむのではなくて、フェリクス様とクラウス様の休憩だった！）

目の前にハーブがあると、ついつい自分の世界に入り込んでしまう。オフィーリアは苦笑いしつつ、二人にハーブティーを勧める。

「久しぶりのオフィのハーブティーだ」

フェリクスは嬉しそうに口をつけ、「美味しい」と表情を緩めた。その横では、クラウスも同意して頷いている。

「やることが多すぎて、ゆっくりお茶をするのは久しぶりだ。早く日常に戻って、またオフィたちと昼食を一緒にしたいものだね」

「クラウスは優秀だからな。仕事も早いから、どんどん頼ってしまう」

フェリクスが苦笑しつつ言うと、クラウスは「構いません」と返事をした。

「ここで自分の力を見せておかないと、父に何を言われるかわかりませんからね」

（そういえばクラウス様のお父様は宰相だったわね）

しかもクラウスは長男なので、このまま優秀であることを示して行けば次期宰相としての地位は安泰だろう。

「またすぐお仕事に戻らなければならないでしょうから、今は仕事のことは忘れてティータイムを楽しみましょう？　わたくしにできることは、これくらいですから」

仕事の手伝いはできないけれど、こうしてお茶の用意をするくらいはできる。せめて今くらい、ゆっくり休んでもらいたい。

オフィーリアはレモンゼリーを取り出して二人の前に置く。

今日のレモンゼリーは、上にレアチーズケーキを載せ、一番上に角切りにしたレモンを載せて見た目も可愛く作ってある。

「わ、美味しそうだ」

「寮の厨房を借りてカリンと一緒に作ったんです。二人のお口に合うといいのですが」

味見をした限りは美味しかったけれど……二人はどうだろうか。オフィーリアはドキドキしながらフェリクスとクラウスを見る。

最初にフェリクスがスプーンでレアチーズの載ったレモンゼリーをすくう。透明なレモンゼリーと、白のチーズケーキの色合いを見て「見た目も綺麗だ」と言って口に含んだ。

「んん、美味しい！　さすがオフィ、私の好みがよくわかっている」

嬉しそうにはにかむフェリクスを見て、オフィーリアもつられて微笑む。気に入ってもらえたようで一安心だ。

クラウスも同じく口にして、「美味いな」と瞳を輝かせている。どうやらかなり好きな味だったようだ。

「お二人の口に合ってよかったです」

「美味しい上にオフィの手作りだからね。ああ、ずっとこの時間が続けばいいのに」

そう笑ってフェリクスはどんどん食べ進める。この勢いだと、もう一つ用意した方がいいかもしれない。

（たくさん作ったから、まだまだあるのよね）

オフィーリアがレモンゼリーを取り出すと、フェリクスだけではなく、クラウスもぱっと表情を変える。クラウスは普段はクールなのに、こういった一面が可愛いと人気があった。

クラウスが二つ目のレモンゼリーに手を伸ばしたタイミングで、「フェリクス殿下！」と低い男性の声が響いてきた。

「……デラクール公爵」

（クラウス様のお父様！）

フェリクスも二個目のレモンゼリーに手を伸ばしかけていたのだが、デラクール公爵の出現にその手を止めて立ち上がった。オフィーリアとクラウスもそれに倣い、同じように立ち上がる。

「お茶をしていたのに、すまないな」

「いえ」

フェリクスは首を振り、「問題ありませんよ」と告げる。

「お久しぶりです、デラクール公爵」

「ああ。オフィーリア嬢の此度の活躍は聞いているよ。闇夜の蝶から国を救ってもらえたこと、感謝している。後日祝賀会を開く予定だ」

「ありがとうございます」

復旧作業が最優先なのですぐにはできないけれど、一段落したら街を上げてのお祭りとして行う予定だと教えてくれた。

今回の件でかなりの打撃を受けたけれど、こんなことで国が揺らぐようなことはないのだと示す必要もあるのだろう。

「それで父上、何か用事があったのでは？」

「ああ、そうだ。急ぎフェリクス殿下の確認が必要な書類があるのだが……」

公爵がそう言うと、後ろに控えていた従者が一歩前に出た。その手には書類の束があり、一枚目で学園関連のものだということがわかる。

「では、私は一足先に執務室に戻ろう。オフィ、また帰る前に顔を見せてくれるかい？」

「もちろんです。あとで伺いますね」

「うん」

オフィーリアがすぐに頷くと、フェリクスは破顔した。もう一度オフィーリアと会えることが嬉しくて仕方がないようだ。

「クラウスはゆっくり休憩してくれ」

「ありがとうございます」

フェリクスと公爵の従者が席を外すと、公爵がオフィーリアを見た。

「夜会などで挨拶したことはありましたが、ゆっくり話すような機会は今までありませんでしたね」

「そうですね。わたくしは領地にいることも多かったですから」

返事をして、オフィーリアは公爵の目の下にも隈があることに気づく。よく見ると顔色も悪い。

（そうよ、宰相だもの）

きっとこの王城で一番働いているに違いない。

「あの……お急ぎでなければ少し休憩されてはいかがですか？　ハーブティーとレモンゼリーがあるんです」

「これはこれは……。では、お言葉に甘えて少しだけ」

オフィーリアの提案を、公爵は快く受け入れてくれた。隣に座るクラウスは若干気まずそうにしている。

自分たちと同じようにローズマリーのハーブティーを淹れると、公爵が「おぉ」と感嘆の声をあげた。

思わずオフィーリアが公爵を見ると、照れたように笑う。

「いや、いつも珈琲ばかりでね。お恥ずかしいことにハーブティーは初めてなんだ」

「でしたら、香りの強さに驚かれるのも無理はありません」

淹れたハーブティーと一緒に、蜂蜜を公爵の前に置く。ハーブティー初心者ならば、蜂蜜を入れた方が美味しく飲めるだろう。

「どうぞ」

「ありがとう。いただくよ」

公爵はまず香りを楽しんでから口に含んだ。ローズマリーの強い香りとスパイシーな味に驚いたのか、目を見開いている。

「なんというか、この味は頭が冴えていいな」

「公爵様……」

本来は褒められているのだろうが、公爵が言うとどうしても駄目な方向に思えて仕方がない。ハーブティーで目を覚ますより、ちゃんと寝て休んでくださいとオフィーリアは思ってしまう。

数口飲んでから蜂蜜を入れた公爵は、オフィーリアとクラウスを交互に見た。

「それで……二人の仲はどこまで進んでいるんだい？」

「……っ！　ゴホッ」

「父上、いきなり何を言い出すのですか……」

蜂蜜入りのローズマリーを飲んだ公爵は、「甘いな」と味の感想を告げ、こちらの様子なんて気にしていないようだ。

「クラウスはこう見えてというか見た通り、奥手なところがあってね。オフィーリア嬢はフリージアの巫女として複数の夫を持てるのだろう？　我が家はあなたの守りになるよ」

「そんな話をするくらいなら、執務に戻ってください」

クラウスが立ち上がって、公爵の腕をぐいぐい引っ張る。本当に早く立ち去ってほしいのだろう。

（ええと、わたくしはどう反応したらいいのかしら）

確かに……クラウスを始め、リアム、エルヴィンもオフィーリアに好意を抱いてくれている。しかしフェリクスの婚約者という立場もあって、改めて話をするようなこともなかった。

「クラウス様、わたくしは――」

「ストップ、オフィ。父のことは本当に気にしないでくれ。面白がっているだけだ」

「え」

オフィーリアが言葉を止めて二人を見ると、公爵は「ハハハ」と笑っていた。その様子はなんだか楽しそうだ。

「いやね、クラウスがオフィーリア嬢とのいい話を持ってこないから……手助けをしようと思ったんだが……叱られてしまったね」

「まったく。学園を卒業するまでは婚約者も決めないから、私に関しては好きにしていいと言ったでしょう。その約束を破るつもりですか、父上」

雷でも落としそうな顔で告げるクラウスに、オフィーリアはひいっと息を呑む。静かな笑顔で怒りをあらわにするクラウスは、普段の様子と違ってとても怖い。公爵を立たせて背中を押して、執務室へ帰してしまった。

「えーっと、よかったのですか？」

「構いません。執務の息抜きくらいにしか思ってないんですよ。まったく。……我が父ながら、ちゃっかりレモンゼリーを持って行ったあたりが抜け目ないですね」

クラウスは席に座り直すと、「すみません」と謝罪を口にした。

「父が迷惑をおかけしました」

「いいえ。わたくしは、別に……」

どちらかというと、クラウスの方が困ってしまうのでは……と、オフィーリアは思う。

（もしかしてもしかしなくても、今までずっとわたくしとの結婚に関してお家の方々から圧力をかけられたりしていたのかしら）

そうなら、クラウスの方がよほど大変だ。普段そういった一面をあまり見せないクラウスなので、オフィーリアもどうしたらいいかわからない。

（わたくしから話をするのも、なんというか……違う気がするわ）

オフィーリアがうんうん唸りながら考えていると、クラウスが声をあげて笑った。

「……クラウス様？」

「いや……。オフィが私のことを考えてくれているのだと思うと、なんだか嬉しくてね。……闇夜の蝶関連がすべて落ち着いたら、きちんと告白して改めて婚約を申し込もうと思っていたのに」

「――っ！」

さらりと爆弾発言をしたクラウスに、オフィーリアの頬が一瞬で熱を持った。だってまさか、そこまで計画を立てていたなんて……！

「オフィ、私のことも一人の男として見てくれないか？　もちろん、無理強いするつもりはない。……私の気持ちは確かにあるが、それよりも大切なのはこの国の平和だ」

王と宰相が一人の女性を求めて争うなんて馬鹿げているだろう？　と、クラウスが付け足した。

（クラウス様にとって大切なのは、自分の心よりこの国……）

だからオフィーリアへの恋心にも簡単に蓋をしようとしている。

（確かに、本編にもそんな描写があった……）

それはフェリクスとクラウスのヒロインの好感度が同じくらいのときだ。

クラウスは国のことを考えその身を引く。美談として描かれていたけれど、やるせない気持ちもあっただろう。

（クラウス様の気持ちはとても嬉しい）

でも――

「ごめんなさい。わたくしが愛しているのはフェリクス様だけ。フェリクス様を支えて、この国のために生きていくわ」

オフィーリアが自分の気持ちを真っ直ぐ伝えると、クラウスは「そうか」と言って大きく息をついた。

「オフィがフェリクス殿下しか見ていないことなんて、最初からわかっていたさ。けれどフリージアの巫女となって、守りのために複数の夫を持つかもしれない……なんて、馬鹿なことを考えた。殿下ならば、一人でオフィを守ることくらい容易いというのに」

クラウスはローズマリーティーを一気に飲み干して、晴れやかな笑顔を見せた。

「ありがとう、オフィ。きちんと気持ちを教えてくれて」

「クラウス様……」

ぎゅうと、胸を締め付けられたような気持ちになる。泣きたいような、そんな気持ちが溢れてくる。

「わたくしを好きになっていただいて、ありがとうございます」

「そんな顔をするな。私は宰相となり、オフィとフェリクス殿下の二人を守ってみせるさ」

「それは……百人力ですね」

この国の将来が楽しみだと、オフィーリアは微笑んだ。

「すっかりクラウス様と話し込んでしまったわ」

気付けばもう夕方近い時間になっている。

お茶を終えたあと、クラウスは資料が必要だからと図書館へ行き、オフィーリアは顔を見せる約束をしたためフェリクスのところへ向かっている最中だ。

周りを見回すと、多くの人が忙しなく行きかっている。けれどその表情は生き生きしていて、なんだか楽しそうだ。

「あれ、オフィ？」

すると後ろから声をかけられた。

振り向くと、黒を基調とした騎士服に身を包んだエルヴィンが立っていて、その手には書類の束を持っている。

「なんだ、王城に来てたのか。学園の様子はどう？」

「生徒はみんな落ち着いていますよ。授業の開始は未定なので、不安もあるとは思いますが……」

食堂でお茶会をしたり、王都に家のある生徒は一時帰宅したりもしている。

「エルヴィン様は騎士団の手伝いですか？」

「ああ。卒業したら騎士団に入るからな。今はこき使われてるよ」

ほら、と言って抱えている書類を見せた。これは確認してもらうため、フェリクスのところへ持っていく途中なのだそうだ。

「わたくしもフェリクス様のところへ寄って帰るところなの。一緒に行きましょう？」

「ああ」

雑談しながら歩いていたら、あっという間にフェリクスの執務室に到着した。

フェリクスの執務机には、先ほどよりも多い書類がドドンと積み上げられていた。今度こそちょっとの風でも崩れて散らばってしまいそうだ。

「ひえー、俺はこんな量の書類無理……」

「エルヴィン……そう言いながら私に追加の書類を渡すのか？」

「あ、あははは……」

申し訳なさそうにしながら、エルヴィンはそっと執務机の書類の山を高くした。それを見たフェリクスは小さくため息をついて、椅子から立ち上がる。

「私の癒しはオフィだけだ」

そう言って、フェリクスがぎゅ～っとオフィーリアのことを抱きしめてくる。まるで充電するかのように。

「っ、フェリクス様！」

「おま、もう少し自重して下さい殿下！」

「仕方ないだろう。さっきだってオフィとお茶ができたのは短時間だけだったし……。これくらいの癒し、いいだろう？」

いつになく甘えた様子のフェリクスに、オフィーリアとエルヴィンは顔を見合わせ……

苦笑する。

（これだけの書類仕事をしているフェリクス様に、やめて下さいとは……言えない）

オフィーリアはおずおずとフェリクスの背中に腕を回して、「お疲れ様です」と抱きしめ返した。

（あ……フェリクス様のぬくもり、久しぶりだ）

とくとく……とゆっくり聞こえてくるフェリクスの心音は心地よく、闇夜の蝶関連で消耗していたオフィーリアの心も穏やかになっていった。

このまま目をつぶって、身を任せてしまいたい。それができたら、どんなに幸せか。

——それからどれくらい時間が経過しただろうか。

「いや、さすがに長すぎじゃないですか？　俺もいることわかってます？」

「「あ」」

エルヴィンの声で、オフィーリアとフェリクスはハッとした。止められなかったら、いつまでも立ったまま抱き合っていたかもしれない。

「わたくしったら……っ！　ごめんなさい、エルヴィン様」

オフィーリアは顔を真っ赤にして、すすす……とフェリクスから離れてエルヴィンの隣に立つ。

「私こそ自覚が足りなかったな。すまない、オフィ」

「いえ……」

大丈夫ですと、オフィーリアが小さな声で告げるとフェリクスは嬉しそうに笑う。

「エネルギーも補充できたから、もう少し頑張るとしよう。エルヴィン、もう上がっていいのでオフィの護衛を頼めるか？」

「はい」

「ありがとうございます」

これ以上長居をしてはフェリクスに迷惑がかかってしまうだろうと判断し、オフィーリアはエルヴィンと執務室を出た。

エルヴィンがオフィーリアの護衛をしながら帰宅することになったので、その旨を伝えるために騎士団の詰め所へ向かった。

「そういえば、エルヴィン様のお父様は騎士団に勤めているのよね？」

「ああ」

クラウスの父には何度か挨拶をしたことはあったけれど、エルヴィンの父とは面識がない。しかし剣の腕が立ち、活躍しているという噂は耳に届いている。

「職場が父親と一緒っていうのも、やりにくくて困りもんだけどね。……まあ、俺の実力を見てもらえるって点はありがたいけど」

エルヴィンは肩をすくめながらも、どこか嬉しそうだ。

「副団長の地位にいるけど、規則に厳しく訓練がめちゃくちゃ厳しいってもっぱらの噂」

「まあ……」

オフィーリアはくすりと笑う。規則に厳しい副団長と、ウィンクが得意なエルヴィンでは性格がまるで違う。

（でも、厳しい訓練をしているのは同じね）

エルヴィンが人一倍、剣の鍛錬をしていることはオフィーリアも知っている。

伯爵家の三男なので家を継ぐことができないため、父親に認められ、何か手柄を立てたいと頑張っているのだ。

すると、「お前の力はそんなものではないだろう！」という怒号が飛んできて、ガキン！　という力強い剣のぶつかる音が聞こえてきた。

「！　これって……」

「訓練してるみたいだな。……正直、学園で生徒がする剣の鍛錬とは全然違うぜ？」

建物の向こうを指さしながらエルヴィンが歩いていくのを、オフィーリアは追いかける。

音がどんどん大きくなっているので、鍛錬場に近づいているのがわかる。

ひときわ大きな音が響くのと同時に、「次！」という大声。

「オフィ、こっち」

建物――騎士の詰め所のすぐ近くの大きな木の先で、訓練が行われていた。

手合わせをしている人だけではなく、素振りや魔法の練習など、各自様々な鍛錬をしているようだ。

その中でひときわ目についたのが、明るいオレンジの髪をした、体格のいい男性だ。騎士たちの剣を次々捌き、「次！」と声を荒らげている。

「わ、すごい……！　もしかして、あの方がエルヴィン様のお父様？」

「ああ。ものすごい体力だって感心するよ」

もう何連戦しているのかわからないが、エルヴィンの父親は汗だくになりながらどんどん騎士の相手をしている。

「ちょっと連絡してくるから、待っててくれ」

「ええ」

オフィーリアは頷いて、エルヴィンが詰め所に行くのを見送った。

ガキンと剣のぶつかる音を聞きながら、オフィーリアは訓練の様子を一人眺める。

（騎士って、すごいわね……）

学園で見る剣の鍛錬とは違う迫力に、鬼気迫るものを感じる。闇夜の蝶と戦い、この国を守っているのだから当然かもしれないが。

「あ！」

オフィーリアが見ていると、手合わせをしていた騎士の一人が剣をはじかれ怪我をした。

オフィーリアは「大丈夫ですか⁉」と慌てて駆け寄った。

「……え？」

突然のオフィーリアの登場に、声をかけられた騎士がぽかんとしている。

「あ、わたくしったら……ごめんなさい。騎士団にも治癒魔法の使い手はいますよね。怪我をしたのを見たので、つい……」

「いえ……！　まさかご令嬢にそんな風に声をかけていただけるとは思わなかったもので、驚いてしまっただけです。ありがとうございます」

短い茶色の髪の爽やかな青年騎士だが、その体は鍛えているだけあってたくましい。が、その太い腕から血が流れているのが痛々しい。

「あの、わたくしでよければ……治癒魔法を使ってもいいですか？」

オフィーリアが控えめに申し出ると、騎士はさらに驚いた。

「それは嬉しいですが、ご令嬢の負担になってしまいます」

「いいえ！　国を守ってくださる騎士様のお力になれるのは嬉しいですから」

復旧作業中の今、オフィーリアにできることはとても少ない。こういった場面で力になれるのであれば、それだけで嬉しい。

「騎士様の怪我に……【癒しの祈り】」

オフィーリアが祈ると、騎士の怪我はみるみる内に治り元通りになった。それを見て、ほかの騎士も集まってきた。

「おお、手際がいいですね」

「ご令嬢に治癒してもらえるなんて、すごい贅沢だな」

「傷痕もなく治ってるな」

（めちゃめちゃ注目されているわ……！）

出すぎた真似をしてしまっただろうかと焦っていると、エルヴィンの父親もこちらへやってきた。

「訓練場にご令嬢がみえるとは、珍しいこともあるものだな。治療していただいたこと、感謝します」

「いえ！　わたくしこそ、勝手に出しゃばってしまって」

「ハハハ、ご謙遜なさる必要はありません。どうにも騎士は血気盛んで、怪我の治療を後回しにしがちなので……助かりますよ」

訓練が終わってからまとめて怪我を治すというのも珍しくないようで、逆に感謝されてしまった。

（騎士様、怪我をしたらすぐに治療してください……‼）

考えただけでもとても痛い。

（ん……？　ということは、もしかして……）

「ほかにも怪我をしている方がいるのですか？　でしたら、わたくしに治癒させてくださいませ」

「「「いいんですか⁉」」」

オフィーリアの申し出に、数人の騎士たちが食い気味で押しかけてきた。その顔にはご令嬢からの治癒⁉　と書かれている。

「え、は、はい……」

あまりの勢いにオフィーリアがびくっとすると、すぐにエルヴィンの父親が声を荒らげた。

「お前たち！　そんな詰め寄って困らせるんじゃない！　順番に並べ！」

「「「はいっ‼」」」

「ったく。すまないな。男所帯なものだから、すぐこうなる」

訓練のときもこれくらい元気があればいいんだがなと、エルヴィンの父親が言うのを聞いて、オフィーリアは苦笑する。

順番に治療をしていると、エルヴィンが戻ってきた。

「オフィ！　って、何してるんだ……？」

「騎士様が怪我をされていたので、魔法で治癒をしていました」

ちょうど最後の一人に【癒しの祈り】をし終わったオフィーリアは、やりきったと満足げな笑みを浮かべる。

「え……？」

「今、エルヴィンの奴『オフィ』って呼んだか……？」

オフィーリアとエルヴィンのやり取りを見た騎士たちが、いっせいにざわついた。気さくな笑みを浮かべていた人も、いつの間にか表情が真剣なものになっている。

「もしかして……フリージアの巫女の、オフィーリア様……？」

ぽつりと、騎士の一人が口にした。

（そういえばわたくし、自己紹介をしていなかったわ！）

怪我が気になってしまったとはいえ、淑女としてあるまじき失態だ。オフィーリアは軽くドレスの裾を摘んで、優雅に礼をする。

「ご挨拶が遅れてすみません。オフィーリア・ルルーレイクです」

オフィーリアが名乗ると、騎士たちが息を呑むのがわかった。代表して挨拶を返してくれたのは、エルヴィンの父親だ。

「まさかあなたがフリージアの巫女だったとは……。だが、騎士たちに治療を施してくれたことといい、さすがは女神フリージアの巫女だ。私はエルヴィンの父、ブラッツ・クレスウェルと申します」

軽く握手を交わし、オフィーリアは「少しでも力になれたらいいのですが」と微笑んだ。

「治療が終わったのなら、私はオフィーリア嬢の護衛をしてお送りしてきます」

「ああ、わかった。エルヴィン、しっかりお守りするんだぞ」

「は！」

ブラッツの言葉にエルヴィンは敬礼で応え、オフィーリアと一緒にその場を後にした。

オフィーリアとエルヴィンが立ち去ると、騎士たちはすぐ訓練に戻った。しかしブラッツは、二人が去った方向をしばらく眺めていた。

「あの令嬢がエルヴィンが執心のフリージアの巫女とはな」

とてもいい子だったな……と、ブラッツは思う。

以前、フリージアの巫女を名乗ったアリシアは偽の印で偽ったという報告だったので、今回の巫女についても多少半信半疑なところがあったのだ。

（あの心地よい聖なる光は本物だった）

オフィーリアはフェリクスの婚約者で、いずれは王妃となるだろう。

フリージアの巫女になると複数の夫を持てることはブラッツも知っている。オフィーリアはフェリクスの婚約者だが、ほかにもリアム、クラウス、エルヴィンと懇意にしていることもブラッツは知っていた。

だからもしかしたら、エルヴィンがオフィーリアの夫のうちの一人になるのでは……と思っていたのだ。

「夫となるなら、我が家をエルヴィンに継がせることも考えたが……あの方の横に息子が一緒に並んでいる絵はどうにも想像できないな……」

あの慈愛に満ちた巫女は、エルヴィンが支えられる相手ではない。

もっと器のでかい――フェリクスのような男でなければ無理だろうとブリッツは思った。

まだ時間があるからと、オフィーリアは馬車ではなく歩いて帰ることにした。

街中では再開しているお店も多くあり、活気が戻っている。

その時、近くの屋台から美味しそうなお肉の香りが漂ってきた。

「とってもいい匂いがしますね」

レモンゼリーを食べたのに、お腹はすっかりご飯を求めているようだ。オフィーリアが周囲を見回しながら「美味しそう」と告げるとエルヴィンも頷いた。

「もうすぐ夕食の時間だから……あ、あの屋台は俺のお気に入りなんだ。オフィに買い食いを勧めていいかはわからないけど……どう？」

「わ、食べたいです！」

エルヴィンの提案にすぐ頷いて、オフィーリアは瞳を輝かせた。

「でも、寮でカリンが夕食を用意してくれていると思うので、少しだけ……」

ちょっとだけならきっと許されるはずだ。オフィーリアがそう告げると、エルヴィンは「半分こだな」と言って屋台へ歩いていく。

エルヴィンのお勧めは、薄く焼いたパン生地の上に野菜と肉を載せてくるりと巻いてある食べ物だった。屋台の看板にはトルネードサンドと書かれている。

「ほら」

「ありがとう」

さっそくエルヴィンが購入したトルネードサンドを受け取った。パンは温かく柔らかで、巻いてサンドした部分からはお肉のいい匂いの湯気が出ている。

（これは間違いなく美味しいやつだわ……！）

「いただきます！」

ぱくりとかぶりつくと、肉のうまみが含まれた甘だれの香ばしさが口いっぱいに広がった。ソースだけでも絶品だ。お肉は柔らかくて、一緒にサンドしてあるレタスはわずかに熱が通っているようで野菜本来の甘みが引き出されているが、シャキっとした歯ごたえもちゃんと残されている。

「ん～！　絶妙な調理加減！　とっても美味しい！」

しかもパンは中がもちもちで、外はカリッとしている。これは癖になってしまう味で、食べ終わっていないのにまた食べに来たいと思ってしまうほどだ。

「気に入ってもらえてよかった。ここの美味いんだよな」

美味しそうに食べるオフィーリアを見て、エルヴィンも嬉しそうだ。

「って、オフィ。全部食べきるつもりか？」

「ふえ？」

もぐもぐ食べ進めていたら、エルヴィンから待ったがかかった。しかし美味しくて食べ進めるのが止まらない。

（そういえば、買う前に半分こ……って言って……半分こ⁉　これを⁉）

口をつけてかぶりついているトルネードサンドを半分こにするなんて、間接キスどころではない。自分はフェリクスの婚約者でもあるのだから、絶対に無理だ。

オフィーリアは慌てて食べるスピードを上げて、すべて口に入れる。これで間接キスは回避だと、オフィーリアはほっとする。

「そんなにお腹が空いてたのか……？　ふはっ！」

エルヴィンは「喉に詰まらせるなよ？」と笑う。そして近くの別の屋台でお茶を買い、手渡してくれた。コップの中に輪切りにしたレモンが浮いているレモン水だ。

「……ん、ありがとうございます」

口の中のトルネードサンドを飲み込んで、レモン水を飲む。レモンの風味がさっぱりしているので、甘だれのトルネードサンドの後に飲むにはちょうどいい。

（エルヴィン様は気遣ってくれたのに、わたくしは間接キスを気にして全部食べちゃったなんて……！）

なんだか自分ばかり変に意識しているみたいで恥ずかしい。

「エルヴィン様の分はわたくしが買ってきますね」

慌ててトルネードサンドをもう一つ買いに行こうとすると、エルヴィンに腕を摑まれてしまった。

「大丈夫だって、オフィ！　いつでも食べられるし、寮の夕食があるから心配ないよ」

「う……確かにもう夕食の時間ですけど……」

間接キスを気にして食べきってしまった自分がいたたまれない。オフィーリアが肩を下げてしょんぼりすると、エルヴィンの手が頭をぽんと撫でた。

「本当に気にしてないって。それに——どうせならオフィと半分この方がよかったしね」

「え……？」

エルヴィンは口元に指先を当てて、意味深に笑ってみせた。どうやらしっかり間接キスだということを把握――いや、狙っていたみたいだ。

「～～～エルヴィン様っ！」

オフィーリアは顔を真っ赤にして、声を上げた。

「いい加減こっち向いてくれよ、オフィ」

「エルヴィン様がいけないんですよ⁉」

しばらく顔が赤かったオフィーリアは、怒りを顕にする。よく確認しなかった自分もいけなかったが、さすがに半分こはないだろう。

寮に着くまで早歩きをして、いっさい口をきかなかった。そのためエルヴィンが慌てて、ずっとオフィーリアに話しかけていたのだ。

「ごめんごめん、もう悪ふざけはしないよ」

「絶対ですよ？」

「ああ。オフィに嫌われたらたまらないからな」

エルヴィンは苦笑しながら、「絶対にしないよ」と告げた。

「なら、許します。……というか、手慣れてますよね？」

さすがはプレイボーイキャラだけある。今までいったい何人の女の子にこんな意味深なことをしてきたのか。

「ちょっとちょっと、そんなことしてないって！　女神フリージアに誓（ちか）ってオフィだけ！」

誤解しないでほしいと、エルヴィンが必死に否定してくる。

「本当ですか？」

「本当だって！」

あまりに必死なエルヴィンに、オフィーリアは声をあげて笑う。

「送っていただきありがとうございました。エルヴィン様もこのまま寮に戻るんですよね？」

「ああ。明日も朝から騎士団だけどね」

エルヴィンが疲れ切った表情で言う。フェリクスたちもだけれど、本当に休みをあまり取れないようだ。

「わたくしばかりゆっくりしてしまって、なんだか申し訳ないです……」

自分も書類仕事や力仕事を手伝えればよかったのだが……。オフィーリアがそう言うと、エルヴィンは「そんなことない」と断言した。

「オフィにはオフィにしかできないことがあるだろ？　適材適所だよ」

その代わり、救いを求める闇夜の蝶が来たときにはオフィーリアにしか任せることはできない。

だからそのときに備えて、休めるときにしっかり休んでおくようにと、エルヴィンにきつく言われてしまった。

「……そうね。せめて自分の役目をしっかりこなせるように、いつでも対応できるようにしておくわ」

「ああ、それで十分だ」

オフィーリアの答えに満足したようで、エルヴィンがウィンクをして頷いた。

「それじゃあ、俺も男子寮に戻るよ。おやすみ、オフィ」

「おやすみなさい、エルヴィン様」

エルヴィンは手を振り、オフィーリアが寮へ入るまで見送ってくれた。

夕食を終え、お風呂(ふろ)を済ませ、あとは寝るだけ……なのだが、オフィーリアはなんだかもやもやして寝られそうにない。

すると、カリンが蜂蜜入りのホットミルクを作ってきてくれた。

「眠れませんか？　わたくしでよければ、話し相手になりますよ」

カリンは自分の分のホットミルクも用意していたようで、優しく微笑んでソファに座るオフィーリアの隣に腰かけた。

「ありがとう。カリンにはわたくしが悩んでいることなんて、お見通しなのね」

「オフィーリア様が幼い頃からお側にいますからね。オフィーリア様のことに関しては、フェリクス殿下にも負けませんよ！」

ドン！　と自信満々に胸元を叩いたカリンは、「なんでも話してください！」と受け入れ態勢万全だ。

（一人で悩んでいるよりは、聞いてもらった方がいいわね）

オフィーリアが思い出すのは、リアム、クラウス、エルヴィンの三人のことだ。自意識過剰でなければ、おそらく三人とも自分に好意を抱いてくれている。

「……答えは決まっているから、相談とは違うかもしれないわ」

「と、言いますと？」

「フリージアの巫女になって、わたくしは複数の夫を持てるでしょう？　リアム様、クラウス様、エルヴィン様、三人ともいつもわたくしのことを想ってくれていて……」

今の状況は皆にひどく甘えていると、オフィーリアは思うのだ。

闇夜の蝶を救うためには、フェリクスを含め四人の力が必要不可欠だった。みんなオフィーリアのことを最優先にしてくれたし、守ってくれた。

命だって、きっとかけてくれていたのだろう。

——けれどオフィーリアが好きなのはフェリクスただ一人。

「気持ちに応えられないのに、優しくされてばかりいるのは……いけないいんじゃないかって、そう……思ってしまって」

だけど全員が直接「結婚してくれ」と言っているわけではない。
だからごめんなさいと言うのも違うし、うやむやなまま時が過ぎていってしまっているような気がするのだ。

オフィーリアがそんな気持ちを吐露すると、カリンはくすりと笑った。

「だからオフィーリア様は愛されているんです」

「え？」

思いがけないカリンの言葉に、オフィーリアは意味がわからず目を瞬かせる。カリンは「わかりませんか？」とクスクス笑う。

「フリージアの巫女なんて、我が儘を言いたい放題ですよ？　アリシア様だって、まるでフェリクス殿下たちを侍らせているようではありませんでしたか」

もっともっと好き勝手に振舞っても、フリージアの巫女であれば誰からも怒られはしないし、許されるだろう。

「オフィーリア様は慈悲深い心で、闇夜の蝶からこの国を救うという偉業を成し遂げたではありませんか。どうしてそんなオフィーリア様に、好意を抱かずにいられましょう？」

自分が男だったら間違いなくオフィーリアに釘付けになっていますと、カリンが言い切る。

「でも、わたくしだって我が儘だった……と思うわよ？」

闇夜の蝶を倒せば一番手っ取り早いのに、わざわざ話をしたいとお願いして受け入れてもらったのだ。

さらにはダークの手を取り闇夜のプリンセスにもなった。ここまできたら、裏切りとほとんど変わらないとオフィーリアは思っている。

(結果だけを見ればすべて上手くいっているけど……)

オフィーリアが悩みつつそんなことはないと否定するも、カリンはやっぱり笑顔のままだ。

「たとえばそうですね……自分に一生の忠誠を誓い騎士になれですとか、神殿で崇め奉

れですとか、法にすれすれのことをお願いするなど……そんな我が儘でも、フリージアの巫女は通ってしまうんです」

「あ……」

カリンの言ったことは本当だ。フリージアの巫女が望めば、よほどのことがないかぎり否定されることはない。

（それだけ、闇夜の蝶に対抗できるフリージアの巫女は大切な存在……）

「オフィーリア様。リアム様も、クラウス様も、エルヴィン様も、いい返事であればいいというわけではないんです。もちろん、国のためを思えば複数の夫を持つのもいいかもしれません。ですが、愛がなければいけません」

「――！」

カリンの言葉が胸にストンと落ちた。

応えられないけれど本当にそれでいいのだろうか。でも、きちんと本音を伝えなければ三人を傷つけてしまうのだ。

「ありがとう。なんだかすごくスッキリした気がするわ」

「それはよかったです」

せっかく入れてもらったホットミルクは冷めてしまったけれど、オフィーリアの心はとても温かかった。

第五章　悪役令嬢ルートのエンディング

「オフィ、そっちに行った！」

フェリクスが声をあげたのを聞き、オフィーリアは「任せて！」と返事をする。こっちに向かってきたのは、『キャキャッ』と叫ぶ闇夜の蝶だ。

「すぐに救ってあげる――闇夜の蝶に安らかな眠りを。【生命の浄化】」

オフィーリアが女神フリージアの力を使うと、闇夜の蝶はその姿を青のフリージアへ姿を変える。

最期は幸せそうに微笑み、小さな声で『ありがトう』とお礼を言ってくれた。

闇夜の蝶との戦いから一年以上が過ぎ、オフィーリアは三年生になった。

リアムとエルヴィンは卒業し、それぞれ神殿と王城の騎士団で働いている。

フェリクスとクラウスは学園で生徒会をしており、日々国のため学園のためいろいろなことをしてくれている。

オフィーリアはといえば、時折こうして闇夜の蝶がいないか各地に出向いている。とはいっても、ここ一年で数はかなり減っていた。

「……何度見ても、幸せな顔をする闇夜の蝶は不思議なものだな」

リアムはそう言いながら、地面に敷物を敷いてランチボックスを置く。天気もいいということで、オフィーリアたちはお弁当を持ってきたのだ。

ここは王都から馬車で一時間ほどの場所にある草原。

闇夜の蝶の目撃情報が上がったため、フリージアの巫女であるオフィーリアが来た。

メンバーはもちろんフェリクス、リアム、クラウス、エルヴィン。そしてオフィーリアの五人だ。

なんだかんだ、リアムもエルヴィンも卒業した後もこうしてオフィーリアと一緒にいてくれることが多い。

「オフィには私がお弁当を作って来たよ」

「ありがとうございます、フェリクス様」

お弁当の蓋を開けると、数種類の野菜、ベーコン、チーズのはさまったサンドイッチに、チューリップから揚げ、卵焼きが入っている。

「わあ、美味しそう！」

フェリクスは随分と料理の腕が上達した。卵焼きの焼き加減は絶妙だし、から揚げは下味がよくしみ込んでいる。

「卒業したら忙しくなって、あまり料理をする時間もなくなりそうですね」

クラウスがお茶の準備をしながらそう告げると、エルヴィンも同意した。

「次期国王ということで、仕事が山積みになっているでしょうね」

元々フェリクスはこれまでも執務をしていたので、王太子としての仕事はわかっている。しかし学園を卒業したらそこに国王の仕事もいくらか加わる。

（執務に関わらないわたくしでもわかる……それはとてつもなく大変なことだわ……）

思わずぞっとしてしまうほどだ。しかし当の本人であるフェリクスはけろりとした様子で、「なんの問題もないさ」と言ってのけた。

それを聞いたクラウスが、「なるほどなるほど？」と意味深な表情でフェリクスのことを見た。

「つまり補佐をする私は楽ができる……ということですね？」

「いやいや、そこは一緒に頑張りますと言ってもらわないと困るよ。クラウスは私の右腕なんだから」

「それは残念」

クラウスは冗談っぽく笑って、沈黙する。何か考えている様子に、フェリクスだけではなく、リアムとエルヴィンも視線を向けた。

「…………」

「クラウス様、どうかしましたか？」

オフィーリアが心配になって声をかけると、クラウスはゆっくり首を振った。大丈夫だと、そう言いたいのだろう。

「こうやって五人で過ごすことも、今後は難しくなるかもしれないと考えたら……少し寂しく思っただけです」

「それは……」

クラウスの言葉に、オフィーリアは口を噤む。難しくなる原因が、自分とフェリクスにあるからだ。

（わたくしとフェリクス様は、卒業したらすぐ結婚……）

そうすれば、オフィーリアは王太子妃だ。フリージアの巫女としての役目のほかに、王太子妃としての仕事も増える。物理的に忙しくなるのだ。

さらに、フェリクスが不在時に出かけてしまうとリアムたちに新しい夫候補かなどと噂が立ってしまうだろう。

（フェリクス様と結ばれることは嬉しいけれど、今までのようになんでも自由にやるのは難しくなってしまうわね）

しゅんと肩を落としてしまったオフィーリアに、クラウスが慌てて「オフィが悪い訳じやない！」と言う。

「ええと、なんだ、私は……なんだ……」

クラウスが言いにくそうにしていると、エルヴィンが「言っちゃえよ」とクラウスの背を軽く叩く。

「……こうしてみんなで過ごす時間も好きだが、それ以上に……」

一度言葉を止めたクラウスは、リアム、エルヴィン、フェリクス、オフィーリアと……順番にみんなの顔を見た。紫の瞳は、どこか期待を含んでいるようにも見える。

「それ以上に――オフィとフェリクス殿下の作る国が楽しみなんだ」

だから寂しいけれど、それ以上に嬉しいのだと、クラウドは照れ臭そうに話してくれる。

「まあ、私はそれをすぐ近くで見たいからなんとしても宰相になるつもりだ」

「それなら、俺は騎士団長になって二人を守るさ」

「私は……もう神殿のトップだから、ことあるごとに便宜をはかろう」

エルヴィンとクラウスの意思は固く、リアムにいたってはすでにトップに君臨しているので神殿とはさらに良好な関係が築けるだろう。

「私たちは優秀な三人がいてくれて、とても心強いな」

フェリクスの言葉に、リアムが「そうだろう？」と告げる。口元に弧を描き機嫌がよさそうな様子は、なんだか珍しい。

「もし不甲斐ない様子を見せたら、あっという間にオフィを奪ってしまうぞ？」

「それは日々精進しないといけないな」

脅すようなリアムの言葉にフェリクスが真剣な声色で返すと、二人の間にしばしの沈黙が落ちる。クラウスとエルヴィンも二人を見ているだけで、何も言わない。

（え、何この空気⁉）

オフィーリアはめちゃくちゃいたたまれない気持ちになって、思わずリアムから顔を逸らす。だってまさか、奪うなんて、そんなことを言われるとは思ってもみなかった。

（どど、どどど、どうしたら……）

汗ダラダラだ。

オフィーリアが百面相のような状態で必死に場を和ませる方法を考えていると、「ぷっ」」と笑い声が耳に届いた。

「はは、そんな顔をするな、オフィ。笑いが止まらなくなる」

「大丈夫だよ、オフィ。私がオフィを誰かに奪われるなんて、させるわけないだろう？」

リアムとフェリクスがいつの間にか笑っていて、クラウスとエルヴィンも笑いを堪えているのがわかる。

「二人とも、もう〜！」

すごくすごく焦ってしまったオフィーリアは、一気に体の力が抜けた。すると、フェリクスの手が伸びて来て優しく頬を撫でた。

「オフィは複数の夫を持てるからね。でも私たちはそのことで自分たちがオフィを取り合って争うとか、そんな心配はしていないんだ」

フェリクスはリアム、クラウス、エルヴィンを見る。三人とも頷いたので、どうやら考えはフェリクスと同じようだ。

「どっちかっていうと、オフィが自分は複数の人と結婚できること自体に悩んでしまうんじゃないかって心配してるよ」

「エルヴィン様……」

「確かに最初は私もオフィの夫の一人に……とは思ったが、今はフェリクス殿下との幸せを祈っているよ」

「リアム様……」

「私はフリージアの巫女へ国からの予算を今の倍以上に増やし、そのお金を使い自分自身で守れるような仕組みを作るつもりだ。金銭や立場のため、複数の夫で守れということ自体がもう時代錯誤だろう？」

「クラウス様……」

全員の気持ちを聞き、胸がじわりと熱くなった。これからは臣下として一緒に国を支えたいと思ってくれているようだ。

「わたくし、フェリクス様とこの国を幸せいっぱいの過ごしやすい場所にしてみせるわ！」

「オフィがいれば百人力だ」

フェリクスは微笑んで、オフィーリアのこめかみに優しくキスをした。

リンゴーンと鳴る鐘の音を聞いて、オフィーリアの目元にうっすら涙が浮かぶ。こんなに幸せだと思った音色は初めてだ。

（わたくし、ついに……）

思い返すと、悪役令嬢オフィーリアとしてこの世界に生を受けてから——いろいろなことがあった。

ゲームだと知っていたからフェリクスと仲良くなることができた。けれど婚約破棄されるのだからと、好きにならない方がいいのだと葛藤したこともあった。

ヒロインと仲良くできるかもしれないと考えたが、自分がいじめたような振舞いをされてしまった。その後断罪されそうになったけれど——

黒色のフリージアが咲いた。

正確には、イオが黒のフリージアを花壇に植えてくれた。それにより、悪役令嬢ルートに行くことができた。

そのまま幸せに——なんていくはずもなく、ダークや闇夜の蝶のせいで散々な目にもあった。たくさん悩んで、懸命に答えを手繰り寄せた。

もう嫌だと何度思っただろうか。

（でも、わたくしはその度に成長することができた……と、思う）

結果だけを見るならばよかったのかもしれないが、オフィーリアの選択はフェリクスをひどく傷つけてしまうこともあった。

（それなのに、フェリクス様はわたくしが隣にいることを許してくれた）

——自分にはもったいないほど、素敵な人。

「オフィ、緊張してる？」

ふいに声をかけられて、ぱっと顔を上げる。そこには、目を細めて優しく微笑むフェリクスがいる。その姿は、白いタキシードだ。

「…………」

「オフィ？」

オフィーリアが黙り込むと、フェリクスは困ったように首を傾げる。慌てるその姿が、なんだか可愛らしいと思ってしまったのは……仕方ないだろうか。

（わたくし……今から本当にフェリクス様と結婚するんだわ）

オフィーリアとフェリクスがいる場所は、神殿だ。

目の前には大きな扉があり、中では招待したクラウスたちが待ってくれている。結婚の承認は神官であるリアムが行う。

オフィーリアの純白のウエディングドレスは、バラのベールと、幾重にもレースが重ねられた上品な仕立てになっている。

手に持っているのは赤色のフリージアの花束。これはフェリクスの色なので、オフィーリアが花束にするなら絶対に赤がいいと譲らなかったのだ。

「……オフィ？」

フェリクスにもう一度名前を呼ばれて、オフィーリアはへにゃりと微笑んだ。

「ああもう、聞こえているならちゃんと返事をしてくれ」

「ごめんなさい。本当にフェリクス様との結婚式なのだと思ったら、なんと言いますか、その……いろいろなことを思い出してしまって」

「……確かに、様々なことがあったからね」

静かに同意したフェリクスに、オフィーリアはコクリと頷く。

もうオフィーリアの右肩に闇夜のプリンセスの印はないけれど、闇夜の蝶たちのことを忘れることはないだろう。

フェリクスは優しくオフィーリアの手を取り、グローブ越しにキスを落とす。

「……忘れる必要はないけれど、思い出すこともないくらい、私がオフィのことを幸せにしてあげる」

「——！　フェリクス様」

「うん。だからオフィも、誰にも負けないくらい私のことを幸せにしてね？」

そう言って、フェリクスはおちゃめに笑う。

（そんなの、決まっているわ）

「フェリクス様のことは、わたくしが世界一の幸せ者にします！」

ふんと胸を張って告げると、フェリクスがぷっと噴き出した。どうやら逆プロポーズのような言葉が、ツボに入ってしまったらしい。

「フェリクス様⁉」

「いや、ふふっ、一生よろしくね、オフィ」

「笑いすぎですが……。こちらこそ、よろしくお願いいたします」

二人で手を取り、微笑み合って……ゆっくりフェリクスの顔が近づいてくる。このままキスを――そう思いオフィーリアが目を閉じようとしたら、「コホン」と咳払いが聞こえてきた。

「新郎新婦入場の時間が過ぎているのですが……そろそろよろしいでしょうかね？」

「――っ‼」

第三者の声にハッとして、オフィーリアの顔が一瞬で真っ赤になる。

(そうだったわ！　今は入場する直前の待機中だったわ‼)

だというのに、それを忘れてフェリクスといちゃいちゃしてしまった。とてつもなく恥ずかしい。穴を掘って一目散に入りたい。

「ああ、すまない。もう大丈夫だ」

「ふぇりくす様……」

なぜフェリクスはそんな涼しい顔をしていられるのか……と、オフィーリアは一人涙目

になる。

オフィーリアが手で顔を隠そうとすると、「駄目だよ」とその手を摑んで恋人繫ぎをされてしまった。

「恥ずかしがってるオフィも可愛い」

「フェリクス様！」

顔を赤くしたまま頰を膨らませると、また笑われてしまった。

（ううぅ、フェリクス様が慣れすぎなのよ！　……でも、わたくしも今日から王族になるのだから、多少は人の目に慣れないといけないのよ……ね？）

王妃ともなれば、どこに行くにも護衛や侍女がついて回るだろう。学園で過ごしていたような本当の自由なんて、これから先は数えるくらいしかないのかもしれない。

でも、それでも……フェリクスとこうして一緒になれるのならば些細な問題だと思ってしまうから困ってしまう。

どうしようもないくらい、フェリクスのことが好きで好きで仕方がないのだ。

「フェリクス様。普通にエスコートしてくださいませ」

「もちろん。お手をどうぞ、私の可愛い妃」

「——はい」

オフィーリアは今までいっとう幸せな笑顔でフェリクスの手を取った。

パイプオルガンの荘厳な音と共に、新郎新婦であるフェリクスとオフィーリアが入場してきた。

式に参列しているのは、クラウス、エルヴィン、リアム、それから親族や来賓の貴族たちだ。ダークは義兄という立場もあって招待していたが、式に姿は見せなかった。

クラウスとエルヴィンは参列席からその様子をじっと見つめる。

なんだかんだでオフィーリアのことはあきらめたと告げてはいたけれど、やはり花嫁姿を見てしまうとぐっとくるものがあるようだ。

「我が国の王妃となられる方は美しいな」

ぽつりと呟かれたクラウスの言葉に、エルヴィンは頷いて肯定を示す。

「世界で一番いい女だからな」

エルヴィンの言葉に、今度はクラウスが静かに頷いた。

青の絨毯の上を歩くオフィーリアとフェリクスが向かう先にいるのは、結婚の証人を行うリアムだ。その瞳は優しそうに細められていて、二人を心から祝福していることがわかる。

「……私は最速で宰相になってみせる」

「俺は……騎士団長になったら、オフィに騎士の誓いを立てる」

「「…………」」

決して実現しないわけではないけれど、互いの高い目標に二人は笑う。まずは年若いという理由で却下されてしまいそうだが、それを覆せるほどの実力をつければいい。

「あの二人が頑張るんだ。気を抜いたら置いて行かれそうだ」

「それは嫌だな」

ちょうど誓いのキスを交わしたオフィーリアとフェリクスを見て、クラウスとエルヴィンはこの国の未来に幸多からんことを——と祈った。

「お疲れ様、オフィ」

フェリクスが冷えた果実水を持ってきてくれたので、オフィーリアはそれを受け取って一気に飲み干す。

「はぁ～」

今までずっと緊張していたので、体がほぐされたような気分だ。

つい先ほど結婚式後のお披露目が終わり、もう夜だ。

夕食の席が用意されたけれど、主役のオフィーリアとフェリクスは挨拶で忙しく、ほとんど食べ物を口にはできなかった。

今日から使用する王城の自室のソファで隣り合って座り、何か軽食をと話をしていた。

新しく用意されたのは、淡い水色で整えられた広くて清潔な部屋だ。

大きな窓には細やかな刺繡がほどこされたレースと、深い青色の厚手のカーテン。バルコニーに出ると花が咲き誇る庭園を一望することができる。

天井には草花をモチーフにしたデザインがなされ、シャンデリアはフリージアの花の形をしている。オフホワイトの壁紙と、カーペットの差し色にはフェリクスをイメージした赤が使われている。

「ありがとうございます、フェリクス様」

お礼を告げると、フェリクスが「私にもちょうだい」とオフィーリアの持つグラスに口をつけた。

「――！　もう、危ないですよ」

慌ててフェリクスの動きに合わせてグラスを持ちあげたけれど、わずかに果実水が零れてしまった。

オフィーリアはグラスをテーブルに置いて、指先でフェリクスの口元をそっと拭う。しかしその手はフェリクスに摑まれて、指先にキスをされてしまった。

「フェリクス様……っ！」

一瞬でオフィーリアの顔が熱を持つ。結婚式が終わったのだから、意識しないはずがない。

（でもまさか、こんなにすぐなんて……！）

もう少しゆっくり会話を楽しむとか、何か余裕があってもいいのでは……と真っ赤になりながら考える。

（でも、何を話せばいいのかしら……!!）

緊張して天気の話くらいしか思い浮かばなくなってしまった。

さっきまでは、式のことやフェリクスのタキシードのことや、参列してくれた人たちのことなど、話したいことがたくさんあったのに。

（どどどどどうしましょう！）

心臓がバクンバクンと大きな音を立て始めて、自分のものではないみたいだ。目を泳がせながらも、気になってフェリクスを見ると——目が合った。

「オフィ、真っ赤だ。可愛い」

「〜〜〜っ！」

フェリクスは指先だけではなく、オフィーリアの手のひらに唇を寄せて、そのまま ちゅっと音を立ててキスをした。

思わず息を呑んだオフィーリアは、フェリクスの色気でくらくらしてしまう。本当の本当にこの人が自分の夫になったのか……と考えてしまうほど。

（わたくし、結婚生活に耐えられるかしら……）

毎日ドキドキして、フェリクスに翻弄されっぱなしな日々しか想像することができない。

だけど――

（だけど、それがどうしようもなく嬉しい）

はしたないだろうかと思ってしまったけれど、そんな不安はフェリクスを見れば一瞬で吹き飛んでいく。フェリクスも同じように――オフィーリアを求めるような瞳で見ていたから。

「フェリクス様……」

「オフィ」

どちらからともなく距離が近づいて、ゆっくりとキスをする。触れるだけの優しいキスなのに、温かさが唇からじんわりと体中に巡っていく。

(たったこれだけで、とても満たされる)

オフィーリアは体の力を抜いて、そのままフェリクスに抱きついた。首筋に顔をうずめると、大好きなフェリクスの香りがする。

そして触れ合ったからだからわずかに伝わってくるのは、鼓動の音。トクトクトクと早いリズムを刻んでいるのに気づいて、オフィーリアはフェリクスも緊張していることを知る。

(……でも、わたくしが緊張していることも知られてしまうわ)

フェリクスより断然早いオフィーリアの鼓動は、その音も大きいと思う。恥ずかしい、けど、聞いてほしい。そんな矛盾。

「オフィ、愛してる。ずっと結婚したくて仕方がなかった。オフィを私だけのものにしたくて仕方なかったんだ」

「……っ！ そんな、そんなの……わたくしだって一緒です」

いや、一緒どころか――オフィーリアにとっては奇跡だ。

悪役令嬢としてこの世に生を受け、フェリクスに婚約破棄される運命を辿るものだと思っていた。

好きにならないようにするにはどうしたらいいのかと、何度も悩んだ。

でも、頭と正反対に、心はどんどんフェリクスに惹かれて求めていった。止めることなんて、できなかった。

「初めて会ったときから、わたくしはずっと、ずっと……フェリクス様のお嫁さんになりたかったんです」

口にしたら、大粒の涙が零れ落ちた。

オフィーリアの心からの願望を聞いたフェリクスは、ぎゅっと強く抱きしめ返して――けれどすぐに体を離して、まるで食べるようなキス――。

「ん……！」

「オフィ、そんな嬉しいこと……私がどうにかなってしまいそうだ」

フェリクスだってずっと、早くオフィーリアと結ばれたかった。

闇夜の蝶や、フリージアの巫女などいろいろな問題が山積みになり、けれどそれを解決できたのもオフィーリアと一緒だったからだと思っている。

「今までもだけど……これからはさらに離してあげられそうもない」

気付けばオフィーリアはソファに押し倒されていて、フェリクスの赤い瞳に囚われていた。ただ――オフィーリアも逃げるつもりはまったくないけれど。

「フェリクス様」

「オフィ」

互いに名前を呼んで、深く長く、ともにいられることを喜びながらキスをした。

「ん……」

寝室に太陽の光が差し込み、オフィーリアは瞬きを繰り返す。つい先ほど寝たような気がしたけれど、もう朝のようだ。

(もう少し寝ていたい……)

けれどこのまま寝ていたら、きっとカリンが起こしにきてしまう。そう考え体を起こそうとして――ぐいっと引き寄せられた。

「きゃわっ!」

「……ん、起きるにはまだ早いよ、オフィ」

　そう声をかけられて、ぎゅっと抱きしめられてしまった。オフィーリアと同じく眠そうなその声の持ち主は、フェリクスだ。

「――っ、そうだわ！　わたくしフェリクス様と結婚したんだったわ‼」

　ここは以前のオフィーリアの部屋ではなく、二人の寝室だ。広いベッドにはオフィーリアだけではなく、フェリクスがいる。

（はわ、はわわ……）

　今更ながら昨夜のことを思い出して、顔が赤くなる。心臓の音も早くなってしまったので、きっと自分を抱きしめているフェリクスにも伝わっているはずだ。

（でも、フェリクス様……また寝たかしら？）

　こっそり腕の中から顔を出して、フェリクスを見る。

　横に流れた前髪から覗く長い睫毛に思わず惚れ惚れしてしまった、閉じているのでおそらく寝ているのだろう。

（よかった、ドキドキしてるのがばれなくて……）

　フェリクスに抱きしめてもらえるのは嬉しいが、ずっとだと恥ずかしさや緊張で体がもたない気がするのだ。

　オフィーリアもうひと眠りするために少しだけ離れて眠ろう。そう思ってフェリクスの腕の中から抜け出そうとしたのだが……逆にぎゅっと抱きしめられてしまった。

「オフィ？　逃げるのは駄目」

「――っ！」

腕の中から抜け出そうとしたオフィーリアの耳元に、フェリクスの低い声。

「お、起きてたんですか⁉」

「そりゃあ、オフィが可愛いから。寝るのが勿体なくてね」

くすくす笑うフェリクスは、相変わらず耳元で囁く。そのまま耳たぶにちゅっとキスをされてしまい、オフィーリアの体が跳ねる。

「～っ、フェリクス様！」

「可愛いね、オフィ。さっきからずっと心臓もドキドキしてる。……私のことを意識してもらえすのが、すごく嬉しい」

今までも婚約はしていたけれど、所詮は婚約者だった。諸事情で破棄されてしまうことだってあるし、安心はあったものの不安もあったのだ。

「大丈夫だと信じてはいたけど、オフィはフリージアの巫女だからね。横からほかの男が出てきたらどうしようって、いつも思ってた」

「フェリクス様……」

（わたくしと、同じ……）

オフィーリアもアリシアがフェリクスを選んだらと、ずっと不安に思っていた。そのため、フェリクスの気持ちはよくわかる。

「わたくしにはフェリクス様だけです！　フリージアの巫女になり複数の夫を持てますが、フェリクス様以外と生涯を共にするつもりはありません。愛しているのは、フェリクス様ただ一人ですから」

「熱烈な愛の言葉だね」

フェリクスは嬉しそうに目を細め、両手でオフィーリアの頬を包み込むように触れた。

「だって、フェリクス様が大好きですから。もし不安なら、わたくしは何度だって好きだと伝えます」

その分だけ、オフィーリアもフェリクスからたくさんの愛をもらっている。

「うん」

フェリクスは慈しむような表情をオフィーリアに向けて、優しいキスをする。何度もついばむようなキスは、とても幸せだ。

「ん……」

「オフィ……。可愛い」

「フェリクス様こそ……可愛いですよ？」

特に幸せそうに目を細める表情はとても可愛くて、愛おしくて、ずっとずっと見ていたいとオフィーリアは思ってしまう。

「私を可愛いなんて言うのは、オフィだけだ」

「ふふっ。フェリクス様の魅力がわかるのは、わたくしだけで十分ですから。ほかの人に、可愛いなんて言わせません！」

自分だけだと、オフィーリアは独占欲を出してフェリクスに抱きつく。

「なんだか、オフィにそう言ってもらえるのは……すごくいいね」

「いいんですか？」

「だって、自分だけを見てほしいっていう我が儘だろう？　毎日でも言ってほしいくらいだ」

オフィーリアに独占されるのは大歓迎のようだ。

（そういえば、こんな風に我が儘を言うことはあまりなかった気がするわ）

恋愛ではなく、闇夜の蝶関連のことで可愛くない我が儘のような決意ならしたけれど、恋人同士のような甘さがあったか……と言われたら、あまり思い浮かばない。

闇夜の蝶関連を優先してしまうことが多く、さらに周囲に人が多かったこともあり、あまり二人きりで甘い雰囲気のなか中、長時間過ごすというのはなかったのだ。

（……甘えたらフェリクス様は喜んでくれるのかしら？）

だけど、どうやって？

いざ自分から甘えるとなると、なかなか困ってしまう。抱きつくくらいでいいのだろうか？　けれど、それなら普段からしているし……。

オフィーリアがうぅ〜んと悩んでいると、フェリクスに「オフィ？」と名前を呼ばれてしまった。

「何を考えてるの？」

「あ、ええと、その……内緒、です？」

「内緒なの？」

どうやって甘えるか考えていましたとは、さすがに恥ずかしくて言えない。誤魔化すように笑うと、フェリクスが近づいて来た。

「内緒にするなら、口を塞いでも問題ないね？」

「え……？」

にやりと笑ったフェリクスが、先ほどとは違い、食べるようなキスをしてきた。深いそれに、オフィーリアの体がびくっと震えた。

「ん、ん……」

上手く呼吸ができなくなって、フェリクスの腕をぎゅっと掴む。「ふはっ」と息をしたのもつかの間で、再びキス。

「……ん。これからは毎日、こうして二人だけの時間が持てるね。それがすごく嬉しいんだ。オフィとこうして朝を迎えるこんなことすら、私にはたまらなく幸せなんだ」

「はぁっ、あ……。わたくしも、とってもとっても幸せです」

そう言って、オフィーリアもフェリクスに笑顔を返す。

「……わたくしの人生目標は幸せになることだったので、フェリクス様と結婚して叶ってしまいました」

合言葉は『悪役令嬢でも幸せになる資格はある！』だった。

「ああもう、私と結婚しただけで幸せなんて言われたら……一生この腕に閉じ込めて放したくなくなる」

さらにぎゅうぎゅう抱きしめられて、もう一度キスをされる。

「二人で幸せになって、この国も、闇夜の蝶も幸せにしてしまおう」

「——はいっ！」

これからも、オフィーリアとフェリクスは仲睦まじく幸せいっぱいで過ごしていくのだろう。

（悪役令嬢で、よかった）

ヒロインだったとしても幸せになれたかもしれないが、幼少期から婚約し、一緒に過ごすことができたのは悪役令嬢だったからだ。

辛（つら）く苦しいこともその分たくさんあったけれど、幸せもひとしおだ。

（これからは、フェリクス様と一緒に幸せになろう）

今度はオフィーリアからフェリクスに口づけて、一緒にいられる幸せを噛（か）みしめる。

——悪役令嬢に転生してしまったけれど、とっても幸せだわ。

エピローグ　青色のフリージア

「お待たせいたしました～！」

がやがや賑わう食堂に、元気な少女の声が響く。白のエプロンが似合うその人物は、このゲームのヒロイン――アリシアだ。

注文された料理を運び、会計をし、食器を洗い、忙しなく動き回る。あっという間にランチが終わり、休憩時間になった。

アリシアはパンに野菜とベーコンをはさむと、それを持って食堂の裏庭に行く。椅子にするのにちょうどいい切り株があるので、アリシアのお気に入りのランチ場所なのだ。

「んー！」

ぐっと伸びをして、体をほぐす。毎日働きっぱなしで、体にもだいぶ疲れがたまってしまっている。

サンドイッチを横に置いたアリシアは、視線を空に向けた。

（オフィは、どうやってあれだけの闇夜の蝶を倒したのかしら）

　昼夜寝ずに戦った？　それとも、別に攻略方法があったのだろうか……とアリシアは考える。

（まあ、考えたところで私はもうヒロインじゃないんだけど）

「今頃はフェリクス様たちと結婚して、幸せで、甘くって、豪華な暮らしを満喫してるはずだったんだけどなぁ～」

　ちぇ、とアリシアは口を尖らせる。

「食堂の看板娘も、なんだかんだで楽しいからいいけどさぁ」

　それでもやっぱり、ヒロインでいたかったなと思う。

「………辛気臭いのはやめやめ！　サンドイッチ食べて、元気だぞ！　そもそもゲームだからなんとかなると思っていただけで――……」

　アリシアは肩を落としてオフィーリアのことを思い出す。成績優秀で人徳もあり、何が大切であるか知っている芯の強い女性。

「私にはきっと、王妃なんて無理だもんね」

　勉強ならまだしも、政治なんてからきしだ。ゲーム知識はあるけれど、エンドロールが流れたらそれもほとんど役に立たないだろう。

「仕方ないから、オフィとフェリクス様がどんな国にするか楽しみにしよっと！」

　そう言って、アリシアはサンドイッチにかぶりついた。

「んー、美味しい！」

なんだかんだで、アリシアは今日もふてぶてしく生きている。

王城の南西部分に新しく『フリージアの離宮』が建設された。ここに住むのは、フリージアの巫女であるオフィーリアと、王太子フェリクスだ。

夫婦仲睦まじく過ごしており、先の活躍もあって国民からの支持も高い。きっとフェリクスが国王に即位した暁には、盛大なお祝いと祭りがあるだろう。

「ふあぁぁ……ねみぃ……。こんなん、とんだブラックじゃねーか」

ダークは欠伸を噛み殺しながら自由気ままに離宮の中を歩く。

オフィーリアの義兄という肩書だけではなく、フェリクスの客という名目も与えられている。離宮の中も、オフィーリアとフェリクスの部屋がある三階より上に行かなければ自由にしていいと許可が出ている。

ダークとしてはオフィーリアに夜這いの一つでもかけたいくらいだが、そんなことをして本当に嫌われてしまったらたまったものではない。

そんなダークがやって来たのは、フェリクスの執務室だ。

ここならば大抵フェリクスがいるし、オフィーリアをすぐに呼んでもらうことができる。

ダークがノックと同時に扉を開けると、中にいた人物――クラウスに睨まれた。

「いったい何度、許可の合図をしてから扉を開けろといえばわかるんだ？」

「未来の宰相がそんなに細かいことをネチネチ言ったら国は終わりだ。っと、フェリクス。オフィに届け物なんだが……」

クラウスの注意はさらりと流し、ダークは目当ての人物がいないことに肩を落とす。いったい何が楽しくて男ばかり見なければならないのか。

「ああ……。いつものアレか。あいにくオフィはお茶会に出かけていて不在なんだ。私が預かろう」

「オフィのハーブティーを目当てに頑張ってきたのに、いないのかよ……」

ショックを受けた様子のダークに、フェリクスは苦笑する。その横では、クラウスが「だから事前に連絡するようにと言っているではないか」と文句を言っている。

ダークは布がかけられ中の見えない鳥籠をフェリクスに渡した。誰にも見られないように、慎重に。

――鳥籠の中身は、闇夜の蝶だ。

オフィーリアとフェリクスの力でほとんどの闇夜の蝶は浄化されたけれど、新たに生まれてくることを止めるのは難しいのだ。ただ、オフィーリアの浄化の力のおかげで、闇夜の蝶になる死人の数はぐっと減っている。

ダークがこうして闇夜の蝶を届けているのは、オフィーリアに浄化してもらうためだ。

オフィーリアの闇夜のプリンセスの印はフェリクスが上書きして消したのだが、オフィーリアは【魂の浄化】と同じ効力を持つ【生命の浄化】を使えるようになっていた。

おそらく一度自分の魔法として使ったので、体に定着したのだろうというのがダークとフェリクスの考えだ。

「ハーブティーはまたの機会にするか。その籠、ちゃんとオフィに渡してくれよ。俺は眠いから、一度ルルーレイクの屋敷に戻る」

「わかった。ありがとう、ダーク」

フェリクスが礼を告げると、ダークは軽く片手を上げてそのまま執務室を出ていった。

離宮には『フリージアの園』と呼ばれる庭園がある。

オフィーリアが管理する庭園につけられた名称で、ここは不思議なことにどの季節でもフリージアの花が咲き誇っている。

何人もの植物学者がその謎を解明しようと試みたが、いい結果を出せた者は一人もいない。ほかの人はみな、「オフィーリア妃はフリージアの巫女ですから愛されているのです」の一言で済ますのだという。

そんな庭園の管理をオフィーリアから任されているのが、庭師のイオだ。元々学園で庭師見習いをしていたが、オフィーリアに引き抜かれ庭師になった。

「あ、また青色のフリージアが増えてますね」

フリージアの花が増えるのは、オフィーリアが闇夜の蝶をフリージアの花に変えているからだ。

あまり人に見せるものではないので、夜中にこっそりフェリクスと二人で庭園へ来て闇夜の蝶をフリージアの花に変えている。

そのことは、イオと筆頭侍女のカリン、それからリアム、クラウス、エルヴィンしか知らない国家機密だ。

青のフリージアのほかにも、白、紫、赤、黄色と、様々な色が咲いている。

闇夜の蝶から咲くフリージアは青一色だけ。しかし青のフリージアは魂が浄化されきるとその色を変え、違う色のフリージアになるのだ。

　今では青のフリージアの花壇だけではなく、色とりどりのフリージアが咲く花壇がある。

「オフィーリア様のフリージアは、本当に美しいです。そのお世話ができるのは、とても幸せですね」

　イオは頰をほころばせながら、今日も庭園の手入れをする。

　夜の冷たい風に頰を撫でられて、オフィーリアはそっと自分の肩を抱きしめる。少し薄着だったかもしれない。

　そう思っていたら、肩にふわりと温もりを感じた。

「体が冷えるといけないからね」

「ありがとうございます、フェリクス様」

　肩の温もりは、フェリクスが着ていた上着だ。フェリクスの匂いがする上着をぎゅっと抱きしめて、オフィーリアは微笑む。

（ぬくぬくだ）

「最近は少しでも体を冷やしたら、カリンがすっごく心配するんですよ」

「なら、なおさら薄着ではいられないね」

そう言って笑いながら、フェリクスがオフィーリアの手を取った。指を絡める恋人繋ぎにも、オフィーリアはすっかり慣れてしまった。

オフィーリアも自分から指を絡めて、フェリクスに寄り添う。

「フリージアの花を見守り続けて、もう三年ですからね」

オフィーリアの目の前には、青色のフリージアの花が一面に咲いている。そのどれもが、闇夜の蝶が浄化されて花になった姿だ。

闇夜の蝶がフリージアの花になり新たな生を始めるのと同じように、オフィーリアとフェリクスの関係も少しずつ変わってきた。

――もちろん、いい方向に。

「もっと花を愛でていたいけど、あまり長居するとお腹の子によくないからね。部屋に戻って温かいものでも飲もうか」

「はい」

フェリクスがオフィーリアのお腹に触れて、「寒くはないかい？」と話しかけている。その姿を見ると、とってもいい父親になりそうだとオフィーリアはいつも思うのだ。

「わたくしたちの子どもに早く会いたいですね」

「ああ。オフィと子どもの二人を愛して、守るよ」

　そう言って微笑むフェリクスの顔が、ゆっくりと近づいてくる。オフィーリアはそのまま目を閉じながら、嬉しそうに微笑んだ。

　もう何度もキスをしているのに、いまだにドキドキして、幸せな気持ちが胸いっぱいに広がるのだ。

（慣れてないわけじゃないのだけれど……）

　なんだか、ちょっとだけ恥ずかしい。

「オフィ、顔赤いね」

　くすりと笑うフェリクスに、オフィーリアは頬を膨らませる。

「フェリクス様が格好よすぎるせいです！」

　そう言って笑い、今度はオフィーリアからフェリクスにキスをした。

「は～、やっぱり室内はあったかいですね」

　ソファに座ったオフィーリアは、カリンに入れてもらったホットミルクに口をつける。

「オフィーリア様、夜に部屋から出るのはおやめくださいと言ったではありませんか。こんなに冷えて……」

　カリンは冷えてしまったオフィーリアの足を温めるため、お湯を張った足湯を用意してくれた。

（いたれりつくせりすぎるわ……気持ちいい）

そんな二人のやり取りを見たフェリクスが、「ごめんごめん」と謝る。

「私がもっと早くオフィを連れ帰ってくればよかったんだ」

「いえ、先に夜の庭園へ行ったのはオフィーリア様ですから」

ぴしゃりと言い放ったカリンに、ひゅっと息を呑む。お腹の赤ちゃんを心配してくれていることはよくわかるので、これからは夜は部屋で大人しくしていようとオフィーリアは心に誓った。

「では、わたくしは一度下がりますね」

「ありがとう、カリン」

カリンが一礼して退出するのを見て、オフィーリアは「心配をかけてしまったわ」としょんぼりする。

「私は花壇を気にするオフィの気持ちも、オフィとお腹の子を心配するカリンの気持ちもわかるからな……」

結局のところ、フェリクスもオフィーリアのことが心配なのだ。

「これからは日中に時間を作るから、私と一緒に見に行こう？」

それならカリンにいらぬ心配をかけることもないし、フェリクスが一緒なのでオフィーリアもとても嬉しい。

「でも、公務がかなり忙しいと……」

フェリクスの負担になってしまうのではと、今度はオフィーリアの方が心配になる。

「愛しい奥さんと過ごす時間くらい、頑張って捻出するさ。それに、闇夜の蝶の花は平和の象徴だと私は思っているからね」

見るのも仕事のうちだと、フェリクスが微笑んだ。

「……じゃあ、約束ですね」

「ああ」

二人でくすりと笑って、昼間に闇夜の蝶の花を見る約束をした。

この花が増えれば増えるだけ、国が、世界が平和になっていくのだろう。

オフィーリアはそう思いながら、闇夜の蝶も幸せになれますようにと祈った。

番外編　その後のお話

エルヴィンはため息をついて、辺りを見回す。

「ああもう、いったいどこに行ったんだ？」

ここは王城にあるフリージア宮の裏にある、フリージアの園だ。色とりどりのフリージアが咲き誇り、なかでも青のフリージアはより輝きを放っている。

そんな庭園で、エルヴィンはとある人物を捜していた。

もしやかくれんぼでもしているつもりなのか？　エルヴィンがそう考えていると、ちょうど木々がガサガサッと音を立てて揺れた。

「お、そこにいるのか？」

「！　すみません、僕です……エルヴィン騎士団長」

エルヴィンが見つけた！　と勢いよく木々の後ろへ行ったが、そこにいたのは庭師のイオだ。草むしりをしているところだったらしい。

「なんだ、お前か」

「あはは……。ええと、ウィルフィード殿下をお探しですか？」

「そう！　見かけなかったか？」

イオが言ったウィルフィードとは、オフィーリアとフェリクスの第一子の王子だ。あれからさらに十年が経ち、ウィルフィードは九歳になっている。

オフィーリアとフェリクスは三十歳だ。落ち着いた雰囲気こそあるが、若々しく子持ちに見えないと言われることも多い。

今は剣の稽古の時間なのだが、「嫌だ！」と逃げ出してしまったため、こうしてエルヴィンが探しているというわけだ。

「探すの、手伝いましょうか？」

「いや、大丈夫だ。イオは自分の仕事をしててくれ」

「はい。もし見かけたら声をかけますね」

「頼む！」

ウィルフィードが見当たらなかったため、エルヴィンは庭園を後にした。

「……また、エルヴィンが走り回っていますね」

眼鏡を中指でくいっと上げて、クラウスは「どうしますか?」と執務机のフェリクスに声をかける。

執務室の窓から見える場所をエルヴィンが走っているので、ウィルフィードが剣の稽古から逃走したことはすぐにわかった。

フェリクスはクラウスの言葉に苦笑する。

「……ウィルは剣が嫌いみたいだからな、どうしたものか」

「あなたの息子ですよ、陛下。別にものすごく強くならずともよいですが、最低限の扱いは覚えておいてほしいですね」

護衛の近衛騎士がいるので圧倒的な強さは必要ではないが、何かあったときのために最低限は剣を使えないと困るというのが宰相であるクラウスの考えだ。


現在、フェリクスは即位し国王となった。

クラウスは同時期に宰相の地位を引き継ぎ、今では立派にフェリクスの右腕として働いている。

かねてより言っていたフリージアの巫女の予算は、なんと三倍にしてみせた。

国には未だに闇夜の蝶はいるけれど、治安の改善とともにその数は減っていき、今では年に数回の目撃例にまで減っている。

さすがに減りすぎではないか？　という疑問はあったが、それはフリージアの巫女がいるおかげだということがわかった。

浄化の力は普段から少しずつ体からあふれ出ていて、それによって闇夜の蝶が生まれにくくなっているのだという。

「それにしても、ウィルフィード殿下はどこに行かれたのでしょうね」

クラウスは目を細めて窓の外を見ているが、ウィルフィードが隠れたりしている様子はないらしい。

「庭園の探索じゃないなら、ああ、そういえば今日はリアム教皇がきているから……会いに行ってるのかもしれないな」

ウィルフィードはリアムに懐いていて、王城に来た際はよく一緒にいるのを見かける。

「ああ、そういえばそんな予定がありましたね」

ならリアムに任せておけば問題はないだろうと、クラウスは仕事を再開した。

王城にある地下書庫で、リアムは本の修繕をしていた。

「……私はこういった細かい作業は得意ではないのだがな……」

残念ながら貴重な本ゆえ、立ち入れる人間が限られているのでリアムが修繕作業を引き受けることとなった。

幼少期にグリフから修繕作業を教えられたときはなぜ？　と思ったが、必要なことだったらしい。

「換気していないから、空気がこもっているな……。まあ、力を制御すれば問題はないか。風よ、舞い踊れ」

リアムが風魔法を使うと、小さな風の渦が生まれよどんだ空気は階段を上り地上へと運ばれていく。

「こんなものか」

だいぶスッキリした。

さて、作業を再開――というところで、「わ、しー、しー！　静かに‼」と言う声が聞こえてきた。

「静かにするのはお前だろう、ウィル」

「う、ばれてる！」

本棚の陰から出てきたのは、綺麗な金色の髪とコバルトブルーの瞳の少年だ。黒を基調にした服を身につけている。

オフィーリアとフェリクスの第一子、ウィルフィード・フィールズ。

容姿はフェリクスに似ていて、サラサラの金髪が目を引く。コバルトブルーの瞳はオフィーリアに似ているが、それよりも少し明るい青だ。

フェリクス譲りの身体能力の高さを持っているが、あいにく剣を持って戦うことなどは苦手で、エルヴィンの稽古からよく逃げ出している。

そして珍しいことに――いや、オフィーリアの子どもだから、という方がしっくりくるだろうか。

――闇属性と聖属性の両方を持っている。

ウィルフィードの肩には、闇夜の蝶がちょこんと座っていた。

「……また、闇夜の蝶を見つけたのか」

「声がして寂しそうだったから……」

オフィーリアと同じように、ウィルフィードも闇夜の蝶と話をすることができるのだ。

ただ、浄化の力はない。

『キャキャ……』

「ああ、ごめん。大丈夫だよ。少し遊んだら、母様に浄化してもらおうと思ってたんだ」

最後に楽しい思い出をという、ウィルフィードなりの気遣いだったようだ。いつも遊んでから、オフィーリアに浄化をお願いしている。

「……まったく。というか、今は剣の稽古の時間じゃないのか？」

リアムの言葉に、ウィルフィードはギクリとする。

「だって、剣は闇夜の蝶を殺す手段だろ？　俺、そんな力いらない」

闇夜の蝶が減ってきてはいるし、浄化という手段があることも国から発表されている。けれど闇夜の蝶を恐ろしく思う人はまだ大勢いるし、特に地方へ行くとその風潮は強いのだ。

ウィルフィードも単純にさぼりたいというわけではないので、大人たちも強く稽古をしろとは言いづらい。

「まったく。なら、ウィルが戦わなくていいように強い騎士を見つけるんだな」

「――！　ああ。俺は母様の意思を継いで、闇夜の蝶とも平和に暮らせる国にしたいんだ」

「立派な志だ。……さあ、オフィのところへ行こう。浄化してもらうんだろう？」

リアムが手を差し出すと、ウィルフィードは頷いてその手を取った。

「花が咲いたわ！」

花壇の前でしゃがみ込んで、オフィーリアはぱっと瞳を輝かせた。可愛らしい黄色い花と深い緑色の葉を持つのは、新種のハーブだ。

「わあ、すごいです！　どんな味のハーブティーになるんでしょう」

「もう少し育ってから摘みましょう」

「はいっ！」

オフィーリアはカリンと二人、公務の合間にハーブを育てるのがブームになっている。これが楽しくて、夢中になってしまうのだ。

「上手くいったらルルーレイク領でも育ててもらいましょう」

「きっと特産品になりますね！」

二人でわくわくしていると、「オフィ」と後ろから声をかけられた。優しく甘さを含んだ声は、誰かすぐにわかる。

「フェリクス様！　ハーブに花が咲きました」

「大事に育てていたやつだね。綺麗な黄色だ」

フェリクスはオフィーリアがハーブを育てていたのを知っていたので、「すごいね」と嬉しそうだ。

カリンと同じように、「どんな味だろうね？」と興味津々だ。

「そういえば、何かご用でしたか？」

オフィーリアが立ち上がってフェリクスに問いかけると、「いつものだよ」という言葉が返ってきた。

「いつものというと、ウィルですか？」

「ああ」

ウィルフィードは闇夜の蝶を見つけると一緒に遊び、そのあとでオフィーリアの下へ連れて来て浄化を頼むのだ。

いつも不思議なのは、ウィルフィードが闇夜の蝶と遭遇しやすいこと……だろうか。けれど好かれているようで、仲良くしていることが多い。

「カリン、わたくしはフェリクス様とフリージアのところへ行ってきます。後を任せていいかしら？」

「もちろんです」

「ありがとう」

使っていたジョウロなどの片づけをカリンにお願いし、オフィーリアはフェリクスと一緒に場所を移動した。

やってきたのは、たくさんのフリージアが咲くフリージアの園だ。

ウィルフィードにも闇夜の蝶が浄化されると青のフリージアになることは教えているので、いつもここへ連れて来てくれる。

「ウィルはまだ来ていないみたいね」

「今日はリアム教皇が来ているから、ここへ来る前に会いにいっているのかもしれないね」

「貴重な文献の修繕をしなければいけないと言っていましたね」

書庫への立ち入りが許されていないから仕方がないが、修繕までリアムがやるのは大変だとオフィーリアは思う。

（わたくしも手伝えたらよかったのだけれど……）

以前、手伝いを申し出たのだが……オフィーリアの手際が悪く、仕事が増えるだけだと丁重にお断りされてしまったのだ。

「ウィルが来るまでゆっくりしていようか」

「はい」

木陰に設置されたベンチに座ると、フェリクスがオフィーリアの肩に寄りかかってきた。こうするのは、たいてい疲れているときだ。

「お仕事大変でしたか？」

「今日も机の上に書類が山積みだったよ」

その言葉で、簡単に状況が目に浮かんでしまった。クラウスは宰相として優秀で大活躍しているが、尋常じゃないくらい仕事量が多い。

（でも、その分クラウス様もすごい量の仕事をこなしているのよね）

フリージアの巫女の予算も増やし、地位を守るために何人と結婚してもいいという制度も廃止してしまったのだ。

当初は年頃の令息を持つ貴族たちから大反対されたが、クラウスがあれやこれやといろいろな手を使って黙らせたのは——今も伝説として彼の部下たちの間で語り継がれているらしい。

「……ウィルが来るまで少し休みますか？」

オフィーリアが膝を貸しますアピールをすると、フェリクスはくすりと笑う。

「それは魅力的なお誘いだけど……オフィの膝を借りたら気持ちよくて本気で寝てしまいそうだ」

もう少しでウィルフィードも来るので、さすがにそれはまずいと判断したらしい。フェリクスはオフィーリアを見て、「こっちにしておくよ」と言って唇(くちびる)に軽くキスをしてきた。

「――！　もう、フェリクス様ったら」

不意打ちのキスはちょっと恥(は)ずかしいけれど、やっぱり嬉しい。

オフィーリアもお返しとばかりに、フェリクスの頬(ほお)にキスを返す。けれどフェリクスにじっと見つめられてしまい、もう一度――

「母様～！」

「――っ、フェリクス様ストップです！」

自分を呼ぶ息子の声が聞こえて、オフィーリアは慌(あわ)ててベンチから立ち上がる。息子に両親のラブシーンを見せるなんてとんでもない。

「ウィル！」

オフィーリアがウィルに手を振(ふ)ると、小さな体をぴょんぴょん跳(は)ねて返事をしてくれた。隣(となり)には、予想した通りリアムが一緒にいる。

「残念」

フェリクスは頬を膨らませながら立ち上がるが、走ってきたウィルフィードを嬉しそうに抱きあげた。

「ウィル、エルヴィンが探していたぞ？」

「うっ、それは……仕方なかったんです。闇夜の蝶が寂しそうにしてたから！」

「……じゃあ、今日はそういうことにしておくが……あとで私と少しだけ体を動かそう。剣を持たなければいいだろう？」

ひとまず体を鍛えるくらいはした方がいいし、書類仕事の多いフェリクスの運動にもなってちょうどいいのだ。

「なら、わたくしはレモンゼリーを用意しておこうかしら」

「母様のレモンゼリー大好き！」

レモンゼリーを出した瞬間、ウィルフィードのテンションがマックスになる。フェリクスと一緒によくレモンゼリーを食べていたら大好きになったのだ。

特にオフィーリアの作るレモンゼリーが大好きで、その点も父に似ている。

「――っと、その子を浄化するのね？」

「お願いします。闇夜の蝶、母様に任せれば綺麗なフリージアになれるよ」

『ほカノ仲間に、聞いタ。幸せニなれるッテ』

オフィーリアの浄化の力のことは、闇夜の蝶たちの間でも噂になっている。

どういうネットワークなのかはわからないけれど、ときおり自分から浄化してほしいという闇夜の蝶もいるのだ。

ウィルフィードの肩に乗った闇夜の蝶を撫でて、オフィーリアは浄化の魔法を使う。

「闇夜の蝶に安らかな眠りを。【生命の浄化】」

オフィーリアが浄化をすると、闇夜の蝶の体からふっと力が抜けた。そして幸せそうな笑顔になって、満足そうな顔をするのだ。

『ありがトう』

そう言って、青のフリージアになった。

「……綺麗な花になったな」

ウィルフィードは寂しそうに微笑んで、フリージアの花になった闇夜の蝶を花壇へと植えて水をかけた。

「来年は違う色の花になるんだぞ。楽しみにしてるから」

優しく語りかけるウィルフィードを見ると、この国はこれからもっともっといい国になるだろうと思う。

そしていつか、闇夜の蝶が恐ろしいモノだということを知らない世代も出てくるかもしれない。

(そうなるのは、まだまだ時間が必要だけど……)

ウィルフィードの代で実現できるかもしれないと、オフィーリアは思う。

「あ、こんなところにいたんですか……!!」

みんなで花壇のフリージアを見ていたら、エルヴィンとクラウスがやってきた。

エルヴィンの手には訓練用の竹刀。クラウスの手には新しい書類。

「「あ——……」」

フェリクスとウィルフィードが同時に声をもらした。運動後ではあるけれど、オフィーリアのレモンゼリーが待っているところだったのに……と。

あからさまにがっかりしてしまった夫と息子を見て、オフィーリアはくすりと笑う。

「じゃあ、訓練とお仕事のあとで食べられるように準備しておくわね」

「仕事をせざるを得ないね」

「今日は頑張る」

「わたくしは応援しているわね」

全員でフリージアの園を後にして、各自の持ち場へ戻る。リアムも修繕が終わったら一緒にお茶をする約束をしてくれた。

（クラウス様もフェリクス様と一緒に来るでしょうし、とりあえず六個……もう少し用意しておけば足りるわね）

みんなでお茶をするのが楽しみで張り切った結果、なんとレモンゼリーが三十個もできてしまったが……無限に食べられそうなので、それは内緒にしておいた。

その後、オフィーリアはウィルフィードのほかに三人の子どもに恵まれ、フェリクスと幸せな人生を過ごす。

記憶が戻ったときは絶望したけれど、今ならば——悪役令嬢オフィーリアに転生できてよかったと、心からそう思えた。

あとがき

こんにちは、ぷにです。三巻をお手に取っていただき、ありがとうございます。

読んでいただけたらわかると思うのですが、最終巻です。無事にハッピーエンドを迎えて、未来の話も書かせていただきました。楽しんでいただけますと嬉しいです。

体力と筋肉がなさすぎるので、ジムに申し込みをしました。以前も通っていたのですが、引っ越しなどもあって退会してしまいまして……。再チャレンジです。

本書が発売するのは、このあとがきを書いている二ヶ月後なので……それまでしっかり通っていることを祈るばかりです（明日の自分に託していくスタイル）。

ジムに慣れてきたら、体が硬すぎるのでホットヨガにも通いたいなと、地味にハードになりそうな計画を立てております。

夏だと大変そうですけど、冬だとあったかくてよさそうですよね。と、もうすぐ夏が来るなと思いながら考えております（笑）。

闇夜の蝶も救いたいと考えたオフィーリア。どうすればいいのかわからないまま、時間だけがどんどん過ぎていってしまいます。

そんな不安のなか、オフィーリアは一つの選択をしました。

……そんな感じの本編ですが、内容はぜひぜひ読んでいただければと思います。

オフィーリアに対するフェリクスの独占欲や、ダークの寛大な（？）心など楽しんでいただけたら嬉しいです。個人的には、リアムをたくさん書けたのが嬉しかったです。


コミカライズのお知らせです。

コミック（B's-LOG COMICS）の二巻が六月一日に発売いたしました。作画はあさここの先生です。

今回はイオが登場するとっても可愛い描き下し漫画がついていますので、きゅんきゅんしてしまうこと間違いなしです……！　尊いです……！

小説と合わせて楽しんでいただけますと嬉しいです。


そしてちょこっとだけ宣伝も！

同じく、六月一日にコミック『悪役令嬢は隣国の王太子に溺愛される10』（B's-LOG COMICS）も発売いたしました。小説は十三巻まで発売中です！

タイトル通り甘々な悪役令嬢ものです。こちらもどうぞよろしくお願いいたします。

最後に謝辞を。

編集のＯ様。だんだんお世話になる割合が増えすぎていってしまっており、いつも助けていただいております……！　今回も本当にありがとうございました!!

イラストを担当してくださったLaruha先生。一〜三巻を通して、キャラクターやドレスなど、素敵にデザインしていただきありがとうございました。イラストの完成はもちろんですが、ラフをいただくのもとっても楽しみでした！

本書の制作に関わってくださった方、お読みいただいた読者の方、すべての方に感謝を。

最終巻までお付き合いいただき、ありがとうございました！

ぷにちゃん

■ご意見、ご感想をお寄せください。
《ファンレターの宛先》
〒102-8177 東京都千代田区富士見 2-13-3
株式会社KADOKAWA ビーズログ文庫編集部
ぷにちゃん 先生・Laruha 先生

●お問い合わせ
https://www.kadokawa.co.jp/（「お問い合わせ」へお進みください）
※内容によっては、お答えできない場合があります。
※サポートは日本国内のみとさせていただきます。
※Japanese text only

悪役令嬢ルートがないなんて、誰が言ったの？ 3

ぷにちゃん

2022年 6 月15日 初版発行

発行者　青柳昌行
発行　株式会社 KADOKAWA
〒102-8177 東京都千代田区富士見 2-13-3
（ナビダイヤル）0570-002-301
デザイン　島田絵里子
印刷所　凸版印刷株式会社
製本所　凸版印刷株式会社

ISBN978-4-04-737011-1 C0193

定価はカバーに表示してあります

新情報は、B's-LOG COMIC
式 Twitter（@comibi）にて随時更新いたします！
ミックウォーカー、ニコニコ漫画でも公開中♪
悪役令嬢ルートがないなんて、誰が言ったの？
あさここの
原作／ぷにちゃん
キャラクター原案／Laruha
s-LOG COMICにて
ミカライズ連載中！
役令嬢ルートがないなんて、誰が言ったの?」
ミックス①～②巻好評発売中！

ビーズログ文庫

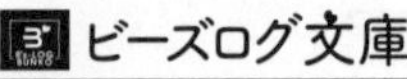

記憶喪失の侯爵様に溺愛されています

これは偽りの幸福ですか？

お飾り妻のハズなのに
旦那様から溺愛されまくり!?

①～④巻、好評発売中！

春志乃（はるしの）
イラスト／一花 夜（いちげ よる）

試し読みは
ここを
チェック★

訳あって引きこもりの伯爵令嬢リリアーナは、極度の女嫌いである侯爵ウィリアムと政略結婚をすることに。だけど旦那様が記憶喪失になり、一目惚れされてしまい!?　夫婦の馴れ初めをやり直す糖度120%のラブコメ！